Deep

토요일 12시   업로드됩니다!

윤태용·김규남·윤혁준 지음

HAKSAN

태용

2022년 어느 날, '우리의 연기영상 만들기'를 모토로 시작했던 채널이 어느덧 무려 130만이 넘는 구독자가 된 것만으로도 정말 너무나 감사한 일인데, 이렇게 책으로도 여러분들을 찾아뵐 수 있게 되어 다시 한 번 무한한 감사드립니다.

저희 셋이 우당탕 시작했는데 이렇게 큰 빛을 볼 수 있게 해 주셔서 정말 감사합니다.

이번에 책을 쓰며, 처음 도전해 보는 집필이라 이 과정 속에서 정말 많은 어려움도 있었고, 또 저의 부족함도 정말 많이 느끼게 되는 경험이었습니다. 살면서 책은 그저 저에겐 수면제와 같았거든요….
포기하고 싶을 때, 이 순간을, 나 자신이 성장할 수 있는 과정으로 극
복할 수 있게 만들어 준 혁준이, 규남이에게 이 자리를 빌려 다시 한
번 고맙다는 말을 하고 싶습니다.

"그대들은 제 은인입니다."

<토요일 12시 업로드됩니다>는 띰의 어린 시절 사진 앨범이라
고 생각합니다. 집 한편에 있는 어린 시절 사진 앨범을 들여다보며
그때 그 시절을 추억하듯, '열정'이라는 불씨로 뜨겁게 달아올랐던
저희의 나날들을 이 책에 담아 봤습니다. 과거를 떠올리며 친구들과
재밌게 얘기하는 것처럼, 여러분과 함께 저희의 재미난 추억들을 공
유하고 싶었습니다.

끝으로, 정말 좋은 기회를 주시고 이 책이 나오기까지 많은 도움을
주신 학산문화사에 진심으로 감사드립니다. 그리고 많은 관심과 응
원, 사랑을 주신 여러분. 막연하게 꿈을 좇아 망망대해를 떠돌아다니
던 제가 이제 조금씩 그 꿈을 향해 노를 저을 수 있게 해 주셔서 정말
감사합니다.

윈태용

휴대폰 카메라 하나, 툭툭 쓰러지는 마이크 하나, 사람 셋.

2022년 4월 14일 그날의 시작이 여기까지 왔습니다.

여전히 이 행복이 언제까지 지속될지 모르겠습니다.

처음 시작할 때와 같은 의구심과 걱정은 여전히 계속되지만 2년 동안 오빠들과 함께하면서 확신하게 된 것은 괴로움과 어려움을 세 등분해서 함께 나누고 있다는 점과 제 삶의 가장 찬란한 순간들을 오빠들과 함께 지나고 있다는 것이죠.

여러분 덕분에 먼 훗날 지치고 힘들 때 꺼내 먹고 싶은 순간 속에서 살고 있습니다.

여러분 덕분에요.

자식 같은 영상들을 같이 아껴 주시고 좋아해 주셔서 얼마나 감사한지 모릅니다. 저희가 만든 영상들이 여러분이 지칠 때 기쁘게 꺼내 먹을 수 있는 영상이 된다면 얼마나 좋을까요. 그런 날을 위해 조금 더 열심히 하게 되는 것 같습니다.

이 책을 쓰기 시작했을 땐 4월 14일로 다시 돌아간 것만 같았습니다. 구독자 3명보다 막연함이 더 컸어요. 아무도 봐 주지 않는 일을 시작한 것만 같았습니다.

누가 읽어 줄까? 하는 걱정을 세 등분하며 열심히 한 권의 책을 마무리했습니다. 피 땀 눈물이 섞인 책을 여러분은 즐겁게 읽어 주시면 좋겠습니다.

책을 쓸 때와 마찬가지로 앞으로도 잘 하고 있는 게 맞는지 아닌지를 오가며 영상을 만들겠죠.

아마도 계속 그런 날들의 반복일 테지만 기꺼이 괴로워하며 계속해서 토요일 12시에 업로드하겠습니다.

이 책이 완성될 수 있게 도움 주신 학산문화사, 그리고 이 책을 펼쳐 봐 주시는 모든 분께 진심으로 감사드립니다.

김지남

'토요일 12시 업로드됩니다.'

이 문구와 함께 매주 업로드를 해 온 지 벌써 2년의 시간이 지났습니다. 그 시간 동안 저희 셋이 뚝딱대며 만든 영상이 어느덧 200여 편이 넘어가는 지금, 저희가 처음으로 했던 약속을 제목으로 하여 저희 셋의 책이 나오게 되었습니다.

예전이면 상상도 하지 못했을 일이 130만 명의 여러분들 덕에 이루어지게 되었음에 깊은 감사를 드립니다.

이 책은 저희 채널 영상과 비슷합니다.

너무 진지하거나 무겁지 않고, 가볍고 쉽게 볼 수 있는 분위기로 구성했다는 점이 그렇습니다. 때문에 띱 영상을 만들면서 느꼈던 어려움을 책 집필 과정에서도 똑같이 느꼈습니다.

'가볍고 쉽게 볼 수 있는 어떤 것을 만드는 과정은 상당히 무겁고 어렵다.'라는 것을요.

지금 각자의 집에서 작가의 말을 쓰느라 고민하고 있을 두 사람이 없었다면 저는 절대 그 과정에서 '재미'를 느끼지 못했을 것입니다.

이 어려움과 무게 속에서 재미를 찾을 수 있도록 항상 제 옆에서 도움을 주는 윤태용, 김규남 작가님, 평소에 제가 표현이 적으니 여기다 몰래 적어 놓겠습니다.

"항상 고맙습니다."

이 어렵지만 재밌었던 과정의 결과를 여러분이 재밌게 즐겨 주시길 바라며, 본문에서 만나 뵙길 기다리고 있겠습니다. 저는 몇 페이지 뒤로 가서 신나게 떠들 준비를 해 보겠습니다.

앞으로도 여러분에게 토요일 12시의 즐거운 밥친구가 되어 드리고 싶습니다.

감사합니다.

윤혁준

차례

chapter 1 | 신입생

chapter 2 | 여름·겨울

- 대사는 띱 특유의 입담을 살리기 위해 한글 맞춤법과 어긋나더라도 입말 표현을 살렸습니다.
- 대사에 은어나 비속어, 표준어가 아닌 말이 포함되어 있습니다.
- 실제 대본 편에 있는 손 글씨 및 손 그림은 모두 김규남 님이 직접 쓰고 그렸습니다.

#N.A. (Narration)
뜻: 내레이션(Narration)을 의미하며, 화면 위로 들리는 내레이터의 목소리.
사용 상황: 화면에 나타나지 않는 인물이 스토리를 설명하거나 배경 정보를 제공할 때 사용한다.

#Scene (신)
뜻: 영화나 드라마 등에서 하나의 사건이나 상황을 나타내는 단위. 보통 시간과 장소가 일관되게 유지되는 연속된 장면.
사용 상황: 한 장소에서 일어나는 특정 사건이나 대화를 묘사할 때 사용한다.

#O.S (Over-the-Shoulder Shot)
뜻: 오버 더 숄더 숏은 카메라가 한 인물의 어깨 너머로 다른 인물을 촬영하는 기법.
사용 상황: 두 인물이 대화하거나 상호 작용하는 장면에서 많이 사용된다. 대화의 몰입감을 높인다.

#P.O.V (Point of View)
뜻: 특정 캐릭터의 시점에서 본 장면. 이 캐릭터가 보는 것과 같은 화면이 보여진다.
사용 상황: 특정 인물의 시각에서 장면을 보여 줄 때 사용된다.

#O.V (Overlapping Voices)
뜻: 두 개 이상의 대사가 겹쳐서 들리는 경우.
사용 상황: 두 명 이상의 캐릭터가 동시에 말을 할 때 사용한다.

#OFF (Off Screen)
뜻: 화면에 보이지 않는 상태에서 들리는 소리나 대사.
사용 상황: 캐릭터가 화면 밖에서 말하거나 소리를 낼 때 사용된다.

#프레임 인 (Frame In)
뜻: 카메라 화면 안으로 인물이 들어오는 것.
사용 상황: 인물이나 물체가 화면 밖에서 들어올 때 사용한다.

#인서트 (Insert)
뜻: 주요 장면 사이에 끼워 넣는 짧은 장면.
사용 상황: 중요한 디테일을 강조하기 위해 사용한다.

#로우 앵글 (Low Angle)
뜻: 카메라가 낮은 위치에서 위를 향해 찍는 각도.
사용 상황: 인물이나 물체를 더 크고 위엄 있어 보이게 할 때 사용된다.

#풀숏 (Full Shot)
뜻: 인물 전체를 화면에 담는 촬영 기법.
사용 상황: 인물의 전체적인 동작이나 주변 환경과의 관계를 보여 줄 때 사용된다.

#바스트 숏 (Bust Shot)
뜻: 인물의 가슴 부분에서 머리까지를 화면에 담는 촬영 기법.
사용 상황: 인물의 표정과 상반신의 제스처를 강조할 때 사용된다.

Deep

〈신입생〉 편 메이킹 비하인드 스토리 | 〈신입생·개강총회〉 편 실제 대본 | 신입생 후속편

chapter 1

신입생

<신입생> 편 메이킹 비하인드 스토리

 혁 신입생은 콘텐츠 수가 많아서 할 얘기가 또 되게 많잖아.

 규 총 네 편이지?

 태 쇼츠도 한 편 있어. 이어폰 끼고 좋아해요. '고요속의 외침'!

"뭐? 뭐라고??"

 혁 아, 맞네. 쇼츠도 한 편.

 규 근데 원래 우리가 이걸 시리즈로 할 생각은 없었잖아?

 혁 그치, 원래 시작은 대학생 구독자들이 개강할 시즌이 돼서 시의성에 맞게 개강총회에서 생길 만한 공감 요소들을 넣은 일회성 영상을 만들려고 했었는데….

 태 근데 그 마지막에 '번호는 진짜 주시면 안 돼요?' 이 한 대사로 시리즈가 시작된 거지.

 규 시청자들이 이 세계관에 확 이입이 되는 그런 대사가 된 거 같애.

 혁 약간 '아이 엠 아이언맨' 같은 거네.

 태 그래, 아이언맨도 처음엔 동굴에서 시작했어.

 규 (웃음) 우리는 화장실 앞에서 시작했네.

 태 심지어 거기 실제로 화장실도 아닌데 팻말만 붙인 거잖아.

 규 맞아. 실제로 거기 창고라서 못 들어가는데 사장님께 부탁해서 문 열어 달라고 했었어.

 혁 (웃음) 내가 그날 산 다이소 화장실 팻말, 이사 가기 전까지 우리 집에 있었어.

 태 그래도 사람 많은 술집 느낌 나게 분위기를 좀 잘 만든 거 같아.

 규 그리고 영상 다시 보니까 혁준 오빠가 신입생 1편 촬영할 때 얼굴이 훈훈했더라.

 혁 (고개를 끄덕인다) 약간 반건조 오징어?

규 반건조 까사노.

태 (웃음) 으하하!

규 만약 오빠가 우리 맨 처음 영상 '만약에' 편 때 얼굴로 했으면….

→ '만약에' 편 때 혁준

태 (크게 웃음) 으하하하하!

규 사람들이 그렇게 호감을 가지진 않았을 거야.

혁 다음 얘기가 기대가 안 되나?

규 (진지) 설렘의 포인트가 좀 부족했을 수도….

혁 그럼 마지막에 태용 형이 설레 하는 게 아니라 나를 말리는 걸 말이 됐겠네.

태 젊은 친구, 많이 취한 거 같은데 일단 자리로 돌아가지?

[규남이 유독 크게 웃는다.]

태 확실히 신입생 시리즈가 대학생활 때 생각도 나고 공감 가는 포인트가 많아.

규 맞아. 맨 마지막에 태용 오빠 '또 한 명 자퇴하겠네.' 이 대사도

원래 없었는데, 현장에서 애드리브로 툭 친 게 진짜 공감이라 내가 꼭 넣자고 했었잖아.

 태 (웃음) 그치 CC하려면 자퇴 각오해야지.

 규 (웃음) 너무 웃겼어, 그게.

 태 혁준이는 어떤 포인트가 좀 공감이었어?

 혁 저는 고졸이라 잘….

[규남과 태용 웃는다. * 혁준은 대학교 4학년 2학기에 자퇴했다.]

 태 내가 최근에 2편 '비밀연애'를 다시 봤거든? 되게 재밌던데.

 혁 '비밀연애' 편이랑 'MT' 편에서 태용이가 완전 상황이 반대잖아요.

 태 어떻게?

 혁 2편에서는 혁준, 규남 사귀는 걸 태용이만 모르고, 3편에서는 혁준, 규남 사귀는 걸 신입생들은 모르는데 태용이만 알고!

 규 아, 맞아, 맞아.

 혁 그래서 두 편이 비슷하게 '비밀연애'라는 주제를 갖고 있지만,

각각의 다른 재미가 나올 수 있었던 거 같애.

 규　그러면 우리가 되게 잘 짰네?

 태　그치!

 혁　(나지막이) 회의를 정말 오래 했으니까….

[세 사람, 함께 고개를 끄덕이며 커피를 한 모금씩 마신다.]

 규　아, 그리고 우리는 만들 때 생각 못했던 부분인데 2편 마지막에

손잡으면서 끝나는 그 장면을 사람들이 '엽기적인 그녀' 엔딩 느

낌 나서 좋았다고 하시더라고?

 태　아아, 마지막에 소개팅 장면~! 그러네.

 혁　소개팅 장면에 나오시는 분이 임호 님 아닌가?

 규　아니야, 고모야.

 혁　어? 아니, 임호 님!

 규　그니까 이모 아니고 고모라고.

 혁　아니, 아니, 배우 '임호' 님 이라고!!

[일동 크게 웃는다.]

 규　(웃음) 아니, 내가 알기로는 분명히 고모인데 이모라고 하니

까….

 태　심지어 임호 님은 소개팅 장면 아니고 앞에 맞선 장면에 나오시

지 않아?

 혁　제대로 아는 게 하나도 없네요, 제가.

규 잘 하자.

 혁 가방끈이 짧아서 그래.

[규남과 태용, 대졸자다운 호탕한 웃음소리를 내며 웃는다.]

 규 어쨌든 우리 영상을 보고 되게 재밌는 작품이 떠올랐다고 하니
까 기분이 좋았어.

 태 그리고 2편에서 혁준이랑 규남이가 연기를 되게 잘했어.
뭔가 아닌 척하면서 태용 말에 좋아하는 느낌이 되게 잘 살았어.

 규 그때 아마 현장에서 리허설을 하고 나서 연기를 다시 잡고 갔을
거야. 태용 오빠가 우리한테 좀 더 웃음을 감추는 느낌이나 설
레는 모습이 좀 더 들어가면 좋겠다 그랬잖아.

 혁 아아, 그랬던 거 같다.

 규 그래서 본인이 연출해서 지금 본인이 만족하는 그런….

 태 …그런가 보다.

 혁 (웃음) 근데 결국은 그 모습 때문에 좀 더 설레는 비밀연애의 느
낌이 살았던 거 같아요.

 규 신입생 쇼츠도 설렌다고 많이들 좋아해 주시던데….

 혁 아, 좋아해요?

 규 근데 그거 기억나지? 처음에 광고 대본 짤 때 신입생 내용 아니
고 똥방구 내용이었잖아.

 혁 맞아. 우리가 제일 좋아하는 똥방구 얘기….

 태 그거 우리 파일 남아 있나?

당시 광고사에 실제 보냈던 쇼츠 대본

#공원 벤치에 앉아 있는 규남

규남 아, 날씨 좋다~
강아지off 왈왈!!!
아이off 우엥! 집에 갈래~!!!
규남 (표정 점점 굳어지고)
혁준 (통화 중) 아니, 그러니까 권리금
을 깎으라니까!
규남 하….(이어폰 꺼낸다)

이어폰 귀에 꽂는 인서트
봄과 어울리는 산뜻한 bgm(background
music) 나오며 행복해지는 규남.
꽃과 자연 인서트

규남 (행복)
혁준 (혁준 통화 모습도 어딘가 친절한
모습으로 변해 있다)
규남 하~ 이게 피크닉이지.
태용 (다가와 입 모양 벙긋벙긋)
규남 (설레는 표정)
태용 (망설이며 벙긋벙긋)

규남 (이어폰 빼고) 네…?
태용 계속 불렀는데 대답이 없으셔서.
규남 아… 이게 노이즈 캔슬링이 좋아
서요ㅎㅎ
태용 아~
규남 왜 그러세요?
태용 (다급하게) 여기 똥 싸는 데 어디
예요?
규남 아… 저기 멀리 있는 거 같던데.
태용 혹시 휴지 있으세요?
규남 아니요….
태용 아…
규남 …….
태용 (바닥에 나뭇잎 주으려 앉다가)
아…!!!
규남 (표정 일그러진다)
태용 아….
규남 (다시 이어폰 낀다)

산뜻한 bgm 다시 깔린다.

태용 (어딘가 모르게 산뜻해지는 표정)

 혁 (웃음) 아니… 이게 지금 봐도 웃기긴 한데….

 태 (웃음) 이걸 진짜 보냈다는 게 우리도 제정신은 아니었네.

 혁 이것도 근데 대충 짠 게 아니라 몇 시간 회의해서 나온 거잖아요.

 규 이게 시원하게 까이고 다시 짜서 나온 게 '고요속의 외침' 내용
이라니.

혁   반응이 진짜 좋았어. 마지막에 딱 '봄이다'!

 규   되게 설렜어, 분위기가.

 태   그리고 그때 벚꽃도 막 피어 있고 진짜 날씨가 한몫했어.

 혁   그때 태용이 형이랑 나랑 벚꽃나무 앞에서 사진 찍었는데 그냥
      꽃놀이 온 아저씨들 같더라고?

 태   대학교 근처 사는 아저씨들.

[이후 예전 대본을 다시 보며 태용이 나뭇잎 줍는 부분을 액션과 함께 보여
준다.]

혁 자, 이제 3편 MT 편인데….

 규 나는 맨 처음에 태용 오빠 표정이 너무 웃긴 거 같아.

 혁 약간 뚱해 가지고 삐져 있는 듯한?

 규 그리고 그때 살이 좀 쪘었나 봐. 얼굴이 통통했어.

 태 나는 항상 그래, 규남아.

 규 (웃음) 아니, 거기서 태용이가 "MT 괜히 왔다. 2만 원 겁나 아깝다." 하는데… 요즘 MT 회비 2만 원 아닌 거 알지?

 혁 아, 맞아, 맞아. 댓글 많았어.

 규 "언니 오빠들, 요즘 2만 원 아니에요… 올랐어요." 많이 달렸잖아.

 태 우리는 MT 간 게 거의 10년 전이니까….

 혁 (말없이 고개를 끄덕인다)

 규 그래도 장소는 MT 펜션 느낌 나는 장소로 잘 구했어.

 태 그치? 약간 외지 펜션 느낌 나는 장소로.

규 그런 곳으로 MT 가면 여기저기 막 목침이랑 이불 쌓여 있고 가방 엄청 쌓여 있고 그렇잖아.

 태 그래서 우리도 뒤에 우리 가방 같은 거 다 쌓아 놓고 그랬는데.

 혁 맞아, 맞아. 나름 그림에 신경을 많이 썼어.

 태 다시 보니까 MT 편도 진짜 재밌어.

 혁 그죠, 계속 비호감이던 캐릭터가 한순간 확 풀어 주는.

 규 우리가 항상 염두에 두는 게 엄청 비호감인 인물을 안 만들려고 하잖아.

 태 (웃음) 대본 짜다가 비호감 보이면 가만히 안 놔두지.

 혁 근데 그 편 태용 캐릭터는 후배들한테 관심받으니까 슬슬 좋아하는 모습이 좀 귀엽기도 하고, 그래서 반전이 나오기 전까지도 마냥 비호감은 아니었던 거 같아.

 규 따봉 하는 장면 멋있었어.

 혁 태용이 형 그 영상 보면 진짜 취한 사람 같던데.

 태 나는 근데 개인적으로 리허설 때 연기가 더 느낌이 잘 살았던 거 같아서 좀 아쉬워.

 규 그래?

 혁 아, 맞아. 리허설 때가 좀 더 잘됐던 거 같아.

 태 리허설 때 앞에서 막 웃으니까 괜히 욕심이 나는 거야. 그래서 본 촬영 때 더 살리려고 하다 보니까 오히려 더 안 산 거 같애.

 혁 이게 웃겨야 된다고 의식하게 되면 진짜 아이러니하게 그때부터 잘 안 되잖아요.

 규 맞아, 진짜!

 태 (웃음) 매번 우리가 대본마다 웃기는 역할을 돌아가면서 맡다 보니까 다 공감하는구나.

혁 근데 유독 신입생 시리즈는 태용이 형이 그 롤을 맡을 때가 많아.

규 4편에서도 태용 오빠가 막 술 마셔서 난리 나는 내용이잖아.

혁 취한 연기 전문배우.

태 난 항상 취해 있으려고 노력해.

규 (웃음) 우하하!

혁 우리가 4편 커플여행 소재를 어떻게 생각했었지?

태 그때가 우리 회의하는 날이었나? 여튼 같이 있었어.

규 아, 맞아. 예전에 촬영할 때 소주병 쓴다고 소주를 다른 페트병에 옮겨 놓았는데 태용 오빠가 물인 줄 알고 마시려다가 갑자기 "우왁!!".

혁 (웃음) "야, 이거 소주야?? 나 소주 마실 뻔했어." 이래가지고.

태 그때 우리가 막 "만약에 차 가져왔는데 저거 마셨으면 영락없이 대리 불러야겠네." 이런 얘기를 하다가.

규 맞아, 다음에 이거 소재로 쓰자 해가지고.

태 그 아이디어가 어쩌다 보니 신입생 시리즈가 됐어.

혁 편입생이네, 편입생!

규 아니, 태용 오빠가 혜정이랑 사귀게 됐다는 설정이 깨알 재미 포인트야.

혁 태용 선배는 포기를 모르는 남자야. 혜정이한테 고백했다가 까였는데 결국 사귀는 거 아냐.

태 (웃음) 그니까. 문신 많은 전 남친이 찾아오고 그랬는데.

혁 뭔가 그런 포인트가 시리즈만의 재미 요소가 아닐까 하고 쓰면서 느꼈어.

태 그치? 아는 사람들이 보면 반가우면서 웃긴 그런 요소!

 규 나는 그 편 엔딩이 너무 마음에 들어.

 태 아, 유주얼 서스펙트 엔딩 너무 웃겼지.

 혁 처음에는 그것도 엔딩이 다른 거였는데 바뀐 거잖아.

신입생 4편 커플여행 바뀌기 전 엔딩

\# 거실에 모여 있는 네 사람, 서로 운전 어쩔 거냐며 정신없는 상황

규남 (정적을 깨며) 나…!!

\# 혜정과 혁준, 규남 쳐다본다. 태용 정신 못 차린다.

규남 (비장한 표정) 나 면허 있어! 가자.

\# 혜정과 혁준 표정 밝아진다.
\# 태용 끄어어….
\# 차에 비장하게 올라타는 네 사람 (태용은 혜정에게 끌려 뒷자리에 탄다)

규남 ……왼쪽이 엑셀이야, 오른쪽이 엑셀이야?
혁준 어머, 내려, 내려!!
혜정 오빠, 내려! 내려! 빨리 내려!
태용 끄어어…!

 태 원래 이거였는데, 뭔가 좀 약한 거 같아서 다른 거 없을까 하고 있
는데 혁준이가 갑자기 혼자 '푸하학!' 이러고 웃더니 뜬금없이 "유
주얼 서스펙트 어때요?" 이래가지고 들어 봤더니 너무 웃긴 거야.

 규 처음에 듣고 소름 돋았어.

 혁 그때 유일한 걱정이… 이게 따라 하려면 진짜 맛을 살려서 똑같

이 따라 해야 되는데 '우리 셋이서 그 장면을 찍을 수 있나?' 이런 생각이 들어가지고….

태 근데 셋이서 어떻게 하긴 했다, 그길.

혁 (웃음) 제가 카메라 들고 규남이가 오디오 장비 다 들고.

규 태용 오빠가 진짜 잘 살렸어. 절뚝거리다가 딱 걷는 거!

태 항상 취해 있으려고 노력한 결과야!

혁 발연기를 진짜 잘 했어요.

태 (웃음) 어감이 좀… 기분이 오묘하다.

규 발연기 전문 배우!

[혁규태 박수 치며 웃는다.]

태 마지막으로 신입생 콘텐츠에 대한 우리 생각을 말해 보자.

규 나는 이게 영상 만든 지 시간이 좀 지나서 그런가 이제 진짜 내 대학 때 있었던 일처럼 느껴져.

혁 (웃음) 기억 왜곡이 됐구나.

규 어, 진짜 예전에 학교 다닐 때 생각도 나고, 보시는 분들도 그래서 좋아하는 거 아닐까.

태 맞아, 맞아.

혁 저는 이 신입생 콘텐츠가 저희 채널에서 처음으로 했던 달달설렘 느낌의 콘텐츠라 좀 의미가 있는 거 같아요.

태 약간 새로운 장르를 열어 준?

혁 네. 우리가 로맨틱 코미디 같은 장르를 해도 '재밌게 봐 주시는구나.'라는 걸 알게 해 준 그런 콘텐츠가 아니었나….

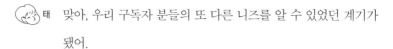 **태** 맞아, 우리 구독자 분들의 또 다른 니즈를 알 수 있었던 계기가

됐어.

규 맞아, 맞아. 그래서 신입생 편을 한 줄로 표현한다면?

태 '우리는 영원한 신입생으로 남고 싶다.'

혁 전 졸업하고 싶은데요?

태 (크게 웃음) 으하하하!

혁 저 졸업 못 했다고 그러는 거예요?

태 (아직 웃는 중) 그럼 그런 거 아닐까? '떱의 로맨틱 코미디의 시작'!

혁 오!

규 '로맨스의 시작' 이렇게 정리하면 되겠다.

신입생 콘텐츠는
'띱 로맨스의 시작'이다.

<신입생·개강총회> 편 실제 대본

#화장실 앞으로 오는 혁준

"19학번 태용"

"19학번 귀랑"

"23학번 혁준"

단체off	랜덤 게임!! 게임 스타트!!
남자off	친구, 어디 가?
혁준	저 화장실 좀 갔다가 갈게요.
남자off	너 딴 테이블 가지 마.
혁준	네!

(TMI) 떡 촬영현장은 세 명 뿐이라 태용·귀랑·혁준이 각자 목소리를 다르게 내서 쏼은 대사다.

(TMI) 남자 off 대사는 "태용"이 변한 '우랑' 캐릭터. 우랑이 옥소리는 상입생3편인 엠티 편에도 등장한다.

화장실 노크한다. 안에서 들리는 노크 소리.

혁준	후-우…(취했다).
태용	(프레임 인)
혁준	안녕하십니까!
태용	(너랑 나) 우리 동기야.
혁준	아, 안녕.
태용	너 자기소개 할 때 김원훈 성대모사 한 거 봤어ㅋㅋ.
혁준	아, 씨…ㅋㅋ
태용	한 번만 해 주면 안 돼?
혁준	(김원훈 성대모사)
태용	ㅋㅋㅋㅋㅋ와! 개똥같다.
혁준	오늘 여기저기 테이블 다니면서 이것만 100번 했어.
태용	너 술 많이 먹었어?
혁준	어, 홍삼할 때 "아싸, 니니~" 하니까 계속 "너너" 해야 된다고 마 시래.

(TMI) 태용이 우랑옥소리 낼때 혁준 표정. ㅋㅋㅋㅋㅋㅋㅋㅋ 너 않이 좋아한다.

(TMI) 실제 댓글에 김원훈씨가 댓글을 달아서 혁준은 연양해했다.??

(TMI) 부산 사람인 혁준의 실제 경험담이다.

태용	아ㅋㅋㅋ 너 어디서 왔는데?
혁준	나 부산.
태용	아, 그럼 자취해?
혁준	아니, 기숙사! 너는?
태용	난 자취.
혁준	와, 부럽다. 그럼 나 오늘 1시 넘으면 너희 집 가서 자도 돼?
태용	어어, 와. 근데 오늘 우리 집 못 갈걸?
혁준	아, 그니까. 선배들 술 너무 많이 먹여.
태용	특히 그 선배가 좀 심하지 않아?
혁준	누구?
태용	19에 이우람 선배?
혁준	누구지?
태용	저기 초록 티 입은 사람.
혁준	아, 어. 아까 의리주에도 저 선배가 소주 엄청 탔잖아.
태용	19학번이면 이런 데 오기 좀 그렇지 않냐?
혁준	…완전 화석이지.
태용	푸하핰ㅋㅋ 그치, 화석이지.
혁준	박물관에나 가지. (화장실에서 사람 나온다)
혁준	안녕하십니까.

TMI 태용은 11학번, 귀용은 14학번
혁준은 12학번 이다.
그렇다. 우리는 화석이다.

우리가 화석이라니…

태용 저 사람 우리 학교 아냐.

TMI 여기서 "저 사람"은 모자쓰고 마스크 낀 태용이다.

혁준 아ㅋㅋㅋㅋ 나 화장실 좀. (들어간다)

사총들이 태룡인 거
알아보면 어떻게해??!!

아무도 몰라.

태용 ㅋㅋ 하며 서 있고

규남 니 여기서 뭐 해?   TMI 실제로는 화장실이 아닌 창고였다.

태용 ㅋㅋ 나 지금 23학번 애한테 신입생인 척하고 있거든? 진짜 개

웃겨.   대부가 보일까봐 좋은 운동으로 옷을
         욱여넣는 혁준을 영상으로 확인해주세요.

규남 미친놈아, 진짜 그런 것 좀 하지 마ㅋㅋ

태용 아, 개웃겨. 얘가 우리 학번보고 화석이래.

규남 누구야? 어떤 놈이야ㅋㅋ

태용 아까 그 김원훈 김원훈.

규남 아, 걔? 웃기던데ㅋㅋ

태용 지금도 개웃겨. 우리 학번 박물관이나 가라는데.

규남 야, 근데 23학번한테 우리면 우리가 15 보는 거랑 똑같은 거 아

니야??

태용 아씨, 우리 화석 맞네ㅋㅋㅋㅋ

규남 아씨, 박물관이나 가자ㅋㅋㅋㅋㅋ

태용 와, 우리 때도 개총 여기서 했는데ㅋㅋㅋㅋ

규남 진짜 몇 년째냐.

태용 그때 우람이가 술 먹고 여긴가 토했을걸.

규남 야!!!! 그때 우리가 다 치웠잖아.

우람off 우와아아아!!!!

태용 (멀리 보며) 저 새끼는 참 변함이 없어.

규남	야, 근데 쟤네 1학년 과대랑 저기 노란머리 쟤랑 사귀는 거 같지?
태용	야, 무조건이야ㅋㅋ
규남	아우, 얘들아, CC 좀 하지 말어라.
태용	그래, 규남이 꼴 난다.
규남	어우, CC 진짜 이제 절대 안 해.
태용	근데 얘 왜 안 나오냐?
규남	얘 화장실에서 죽었냐?
태용	야, 나오면 너도 같이하자.
규남	아, 싫어. 그딴 거 안 해!!

화장실에서 혁준 나온다.

우리 동기야.

혁준 놀릴 생각에 신난
19학번 규남

혁준	(규남 보고) 안녕하십니까!
규남	어, 우리 동기야….
태용	(웃참)
혁준	아… 어….
태용	나 화장실 좀. (들어감)
규남	너 술 많이 마셨어?
혁준	어, 뭐, 근데 취한 거는 아니고.
규남	아, 진짜? 너 술 잘 마시나 보다.
혁준	아, 그냥 적당히 먹는 정도?
규남	근데 너 여자 친구 있어?
혁준	어?? 나? 나 왜?

규남	그냥 궁금해서.
혁준	아, 없어.
규남	그럼 관심 있는 애는 없어?
혁준	아, 아직. 근데 애들 다 잘 몰라가지고.
규남	나는 어때?
혁준	어???
규남	내 첫인상 어떠냐고.
혁준	아, 첫인상? 어, 너 착할 거 같은데?
규남	음~ 나는 너 되게 잘생긴 거 같애.
혁준	어?? 너 혹시 취했어?
규남	아니, 진짜로 너 송중기 닮은 거 같은데?
혁준	아…ㅋㅋ 뭐 고향 친구들이 볼록 렌즈로 본 송중기라고 하긴 했었어.
규남	(터치하며) 꺄르르~ 너 진짜 웃긴다.
혁준	…….
규남	나는 웃긴 사람 좋아하는데.
혁준	(멍) 아, 아, 그래?
규남	다음에 우리끼리 술 먹을래?
혁준	우리 둘이???
규남	화석 선배들 빼고 우리 동기들끼리 한잔하자고~
혁준	아…! 어어, 그러자.
규남	(ㅎㅎ)
혁준	어, 그러면 너 번호 줄래?
규남	(표정) 번호? 그래!

ㄴRe: 볼록 렌즈로 본 송중기
ㄴRe: 갑병병 걸린 송중기
ㄴRe: 저게 송중기라고?
(실제로 달린 댓글들)

혁준   (폰 준다)

태용 나온다.

동공 지진 난 혁준 후배

태용   무슨 얘기했어?

규남   아~ 나 번호 따였어.

혁준   ??

태용   아, 그래?!?!

규남   야, 봤냐? 나 이 정도야~!!

태용   와, 김규남이 아직 안 죽었네!!

혁준   ?????

규남   야, 우람아 보고 있냐?? 나 아직 안 죽었다.

우람off   우와앙아아악!!!

혁준   뭐야??

태용   뭐야는 반말이고 친구야~!

규남   미안해요, 후배님~

혁준   에…?

태용   저희가 그 화석 19학번 선배들이에요.

혁준   (당황) 아… 죄송합니다, 죄송합니다….

규남   아, 아니에요. 재밌었어, 재밌었어.

아.. 설렌다

태용   우리 진짜 뒤끝 없으니까 걱정 마.

혁준   …….

규남   아, 살짝 설렜달까~

TMI 규남은 설레지가 않았던 건지,
부정하고 싶었던 건지 저 대사를
다섯 번이나 NG를 냈다

태용   아, 진짜 웃기네ㅋㅋ

규남	아, 재밌었다. 나 화장실 갔다 갈게.
혁준	근데 선배….
규남	?
혁준	번호는 진짜 주면 안 돼요?
태용	○○○!!!
규남	어…? 어??
혁준	(표정)
규남	어…. (폰 번호 찍어 준다)
혁준	연락할게요. (간다)
태용	○○○….
규남	하… CC 이제 안 할라 그랬는데.
태용off	또 한 명 자퇴하겠네.

038 ··· 039

ㅋㅋ나 지금
23학번 애한테
신입생인 척하고 있거든?
진짜 개웃겨!

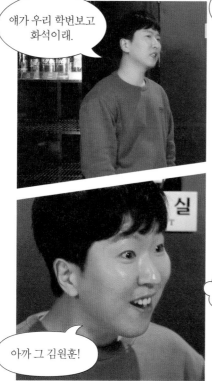

얘가 우리 학번보고
화석이래.

아까 그 김원훈!

누구야?
어떤 놈이야ㅋㅋ

아, 걔?

신입생 후속편

종강총회

종강총회 대패삼겹살집으로 향하며 통화 중인 혁준

혁준   네, 매니저님. 제가 진짜 급하게 필요해서요….

매니저off   이번 달은 가불이 좀 어려울 거 같은데….

혁준   아, 네… 알겠습니다….

매니저off   그래. 혁준아, 미안하다.

혁준   아닙니다. 근무 날 뵙겠습니다!

전화를 끊은 혁준

혁준   하… 규남이 생일 선물 어떡하지?

대패삼겹살집, 셀프 바 옆 무료 아이스크림 냉장고 근처에 자리를
잡은 태용과 혜정

태용   야, 혁준아! 여기!

혁준	(앉으며) 선배, 왜 이렇게 구석에 앉으셨어요?
태용	여기 앉아야 나중에 아이스크림 많이 먹을 수 있어.
혜정	야, 그리고 너도 신발 여기 근처에 놔둬. 나중에 몰래 집 가기 편하게.
태용	자기야, 자기는 한 번씩 보면 03학번 같애.
혜정	얼굴이?
태용	아니, 얼굴은 03살이야.
혜정	아하하핫~ 뭐래~~ 응애응애~
혁준	흐흐….
태용	아, 근데 김규남은 왜 같이 안 왔어?
혁준	아~ 지금 아마 과사 들렀다가 오고 있을 거예요.
태용	빨리 오라 그래. 고기는 딱 구웠을 때 다 같이 한번에 먹어야 돼.
혜정	맞아, 맞아. 고기 흐름 끊기면 안 돼.
혁준	네, 연락 한 번 해 볼게요.
	(그때 가게 문 종소리 울린다 - 띠링 띠링)

문 쪽으로 고개 돌리는 혁준

규남, 어떤 남자와 함께 가게로 들어오고 있다.

혁준 인사하려다가 괜히 위축되는 모습

태용	뭐야, 누구지??
혜정	그러게. 처음 보는 사람인데?

남자와 갈라져 혁준 쪽 테이블로 혼자 온 규남

규남 오~ 뭐야! 자리 좋은데?

태용 그치? 너도 신발 가까운 데 두고 앉아.

규남 자기, 시험은 잘 끝났어?

혁준 아… 어. 그냥 아는 것만 쓰고 나왔어.

규남 고생했어~

태용 야, 빨리 앉아. 이제 시작하게!

혜정 맛있겠다. 진짜 많이 먹어야지!

규남 아, 나는 저쪽 선배 테이블 가서 같이 먹을 거 같애.

태용 선배? (규남이 말한 쪽 보는)

태용 시선 – 아까 본 멀끔한 남자가 멀찌감치 다른 테이블에 앉아 있다.

태용 뭐야, 저 사람 누군데?

규남 아, 너는 모르나?? 배민성 선배? 우리 두 학번 선배인데
나랑은 수업 같이 들었었거든. 과사 갔다가 만났어.

혜정 오, 그럼 저 선배는 취업했어요?

규남 어, 저 선배가 지금 내가 준비하고 있는 공기업 취직해
서 다니고 있거든. 그래서 밥 먹으면서 이것저것 좀 물
어보려고.

태용 음, 그래?

규남 나 선배랑 얘기 좀 하다가 나중에 여기 합석할게. 야, 이
우람 여기 앉히지 마. 술판 되니까!

태용 오케, 오케.

규남	자기야, 좀 이따 봐.
혁준	어…!

규남 자리에서 일어나 선배 쪽 테이블로 간다.

태용	쓰으읍….
혜정	오빠, 왜?
태용	아 뭔가 쎄한데….
혁준	네? 뭐가요?
태용	몰라, 뭔가 촉이 오는데… 좋지 않아.
혜정	뭐가 뭐가??
태용	아니, 나는 저 선배? 뭐, 저 사람 잘 모르는데 졸업한 사람이 굳이 재학생 종강총회에 왜 왔는지도 모르겠고… 아, 몰라. 여튼 느낌이 좀 쎄해.
혁준	그래요? 근데 뭐 예전에 같이 수업도 들었고 오랜만에 학교 와서 아는 사람 만나니까, 그냥 반가워서 그런 거 아니에요?
태용	아, 나는 뭔가 맘에 안 들어… 아, 별로야….
혜정	오빠, 그거 그냥 저 선배가 잘생겨서 그런 거 아니야?
태용	…….
혁준	…….
혜정	왜?
태용	…어머, 맞는 거 같애, 혜정아.
혜정	그치? 저 선배가 우람 선배처럼 생겼으면 오빠 신경도 안 썼을걸?
태용	…혜정아, 너 혹시 심리학과 복수전공이야?

혜정	아니, 아내의 복수전공인데?
태용	우와, 씨…… 진짜 재치 넘친다! 하하하!!!!
혜정	아, 나 오늘 좀 잘 치네~??
혁준	(생각에 잠긴) …….
태용	혁준아, 너 김규남 생일 선물 뭐 준비했어?
혁준	네??
태용	?
혁준	아… 아직 뭐… 생각 중이에요.
혜정	규남 선배 목걸이 없잖아. 목걸이 하나 선물해 줘.
혁준	목걸이?
태용	아, 그래? 김규남이 목걸이가 없었나?
혁준	그런 건 얼마 정도 하지?
혜정	뭐 브랜드 따라 천차만별인데 규남 선배 나이 정도면 그래도 완전 싼 거보다는 그래도 어디 가서 선물받았다고 할 만한 정도는 되면 좋지?
태용	아, 하긴 이제 졸업하고 사회생활 시작하니까.
혜정	오빠, 나는 목걸이 그런 거 필요 없으니까르띠에. 그냥 여름 반팔티파니 같은 거나 하나 사 줘.
태용	…혜정아 고기가 코로 튀어나올 거 같애.
혜정	농담이야, 농담~
태용	(혁준에게) 여름 반팔티파니는 진짜 있는 단어 같냐….
혁준	흐흐….
혜정	가을 후드티파니! 겨울 니트티파니!
태용	혜정아, 요즘 드립 학원 다녀? 입담이 장난이 아니네.
혜정	호호~ 농담이야, 진짜로.

혁준	(씁쓸한 표정)
규남	아, 늦어서 미안하다~

혁준이 고개를 돌려 보니 규남과 민성 선배가 함께 혁준 쪽 테이블로 왔다.

민성	안녕하세요~ 같이 앉아도 괜찮아요?
혜정	아, 네네! 오빠 안쪽으로 좀만 들어가 봐.
태용	응? 어어.
규남	아니, 금방 오려고 했는데 선배랑 옛날 얘기하다가 좀 길어 지길래 그냥 같이 왔어.
민성	하하, 끼워 줘서 고마워요.
혜정	선배 그러면 일단 한 잔 받으시고 자기소개 한 번 시원하게 해 주세요.
민성	아, 네, 안녕하세요. 17학번 배민성입니다.
혜정	워후~~! 반갑습니다~
태용	안녕하세요, 저는 여기 23학번 혜정이 '남자 친구' 19학번 윤태용입니다.
민성	아, 진짜요? CC예요?
혜정	네, 100일도 안 됐어요. 귀엽죠, 저희.
민성	아~ 그럼 여기 계신 분은?
혁준	저요? 아, 저는 23학번 윤혁준입니다.
민성	아뇨, 아뇨, 후배도 CC예요?
혁준	아~ 어…
규남	(끼어들며) 아뇨, 얘는 CC 안 해요, 선배.
민성	아~

이상하게 대답이 빠른 규남의 모습이 약간 이상하게 느껴지는 혁준

혁준 ······.

혜정 선배는요? 여자 친구 있으세요?

민성 네네, 저는 여자 친구 있어요.

혜정 대박! 궁금한데 여자 친구 사진 보여 주시면 안 돼요?

민성 이건 근데 좀 웃기게 나온 건데… 하하.

태용 (뾰로통) 맞네, 진짜 웃기게 나왔네.

혜정 와, 대박! 진짜 무슨 인스타 인플루언서 커플 같아요.

여기 어디예요?

민성 아! 작년에 파리 여행 갔을 때 찍었어요.

태용 (뾰로통) 파리 근데 실제로 가 보면 진~짜 더럽다던데.

다른 사람들 얘기하는 틈에 규남이 혁준에게 작게 얘기한다.

규남 고기 많이 먹었어?

혁준 아, 응….

규남 왜 왜? 무슨 일 있어?

혁준 아냐, 아냐.

규남 뭐야, 시험 망했어? 속 안 좋아?

혁준 아냐, 진짜 괜찮아.

규남 뭐지… 나중에 말해 줘.

혁준 없어, 없어. 나 화장실 좀 갔다 올게.

혁준 일어나서 밖으로 나와 가게 앞에 혼자 앉아 있다.

혁준	(한숨 쉬려고 하는데) 하⋯.
태용	(더 큰 소리로 끼어들어 한숨) 하아아으아!!!
혁준	? 선배 언제 나왔어요?
태용	하으으!! 저 새키, 왜 이렇게 꼴 보기 싫냐.
혁준	(웃는) 왜요?
태용	하, 그냥 마음에 안 들어. 기생오라비같이 생겨가지고.
혁준	진짜 잘생겼지 않아요? 취업도 했고 여자 친구한테도 잘할 것 같고⋯.
태용	야야! 저런 애들 꼭 여자 친구 방패 삼아서 다른 애들한테 집적거리고 그러는 거야!
혁준	⋯⋯.
태용	야, 그리고 저게 뭐가 잘생겼냐? 혁준아 니가 훨씬 나아!! 내가 여자였지?? 그럼 난 고민도 안 하고 너랑 사겨!!
혁준	(찌푸리는) 으⋯.
태용	⋯누가 진짜 사긴대? 말이 그렇다는 거지.
혁준	장난입니다ㅎㅎ
태용	하여튼 난 혜정이 데리고 빨리 떠나야겠다!
혁준	선배, 가시게요?
태용	어! 아까 저놈이 혜정이 보는 눈빛이 심상치가 않았어.
혁준	⋯⋯.
태용	너도 빨리 김규남 데리고 가!
혁준	어⋯ 그럼 네⋯ 일단 들어가시죠.
태용	빨리 챙겨서 가자!!

\# 혁준과 태용 가게 안으로 다시 들어오는데 테이블에 규남과 민성 둘만 남아

있다.

\# 테이블로 안 가고 조금 떨어져 둘을 지켜보는 혁준

태용 어? 혜정이 어디 갔지??

혁준 …….

\# 규남과 민성 서로 마주 보고 얘기하는 모습 보인다.

태용 혜정이 화장실 갔나??

혁준 선배.

태용 어?

혁준 선배가 여자면 생일 선물 살 돈 없어서 가불받는 남자보다 취업해서 좋은 선물해 줄 수 있는 남자를 만나겠죠?

태용 오우, 당연하지!!

혁준 버스 타고 다니는 남자보다 차 태워 주는 남자를 만나겠죠…?

태용 내가 버스 정류장에 사는 거 아닌 이상 그렇지!!

혁준 …….

(그때 들려오는 민성과 규남의 대화 소리)

\# 민성 규남

민성 내가 사실 여자 친구랑 요즘 좀 사이가 안 좋아서….

규남 아, 그래요?

민성 어… 그거 땜에 너한테 좀 상담받고 싶은 게 있는데 혹

시 나가서 따로 한잔할래?

격분하는 태용

태용	야야야, 저 새끼 봐!!
혁준	(쓸쓸한 표정)
규남	아, 근데 남자 친구가 싫어할 거 같애요.
민성	어? 너 남자 친구 있었어?
규남	헐! 아, 비밀인데 이거 실수했네. 아~

의아한 태용

태용	엥? 김규남 말실수 절대 안 하는데?? 쟤 맨날 말하기 전에 생각 겁나 하고 말하잖아. 취했나???
혁준	(멍한 표정)

말 이어 가는 규남

규남	저 사실 아까 제 옆에 있던 애랑 사귀어요. 거의 1년 돼 가요.
민성	아, 진짜…? 근데 아까는 왜 없다 그랬어?
규남	에이~ CC가 다 그런 거지, 선배~ 그리고 내가 사긴다 그러면 선배가 애 앞에 있는데 막 이거 저거 캐물어 봤을 거 아니야~
민성	아….

혁준 멍한 표정으로 얘기 듣는다.

혁준	…….
민성	아, 그럼 집에만 데려다줄게. 나 차 가져왔어.
규남	전 남자 친구랑 걸어가면 돼요, 가까워.

감동받은 태용, 혁준

태용	김규남, 저 새키 저거… 말실수 아니었네….
혁준	(감동받은 표정으로 웃는다)

- This is Fiction -

Deep

〈여름·겨울〉편 메이킹 비하인드 스토리 | 〈겨울·그놈도 왔다〉편 실제 대본 | 여름·겨울 후속편

chapter 2

여름·겨울

<여름·겨울> 편 메이킹 비하인드 스토리

 규　여름이 맨 처음에 어떻게 나왔지?

 태　그러게. 계기가 뭐였더라?

 규　맨 처음엔 이런 스릴러가 아니었는데.

 혁　아, 나 기억났다!

 규, 태　?

 혁　그 시기에 두 사람이 실제로 에어컨이 없었어.

 태　아, 맞다….

 규　어머, 맞아….

(※규남과 태용은 당시 집에 에어컨이 없어 여름 내내 선풍기로 버텼다. 혁
준은 다행히 에어컨이 옵션으로 있는 집이라 혁준 집에서 회의를 하기도
했다.)

 혁　근데 그해 여름 기억나지? 진짜 일찍 6월부터 더웠잖아.

 태　맞아, 진짜 더웠어.

 규　조금만 버티면 여름 끝날 줄 알았는데 진짜 한 4달 동안 더웠어.

 혁　그래서 우리 집에 올 때마다 둘이 "와! 진짜 좋다…." 이런 말을
했었어.

 규　맞아, 그래서 태용 오빠 실제로 한 번씩 자고 가고 그랬잖아.

혁 그래서 그때 에어컨이 집에 없어서 친구 집에 빌붙는 사람 이야기가 있으면 재밌겠다 생각을 했었거든?

 태 (혁준의 뒤통수를 응시한다) …….

 혁 ?

 규 (태용 표정을 보고 빵 터진다.) 으하하하하!

 혁 (뒤늦게 깨닫는) 아…! 아아!! 형이 빌붙었다는 얘기가 아니라!

 태 아냐, 맞아 맞아!

 규 으하하하하! 저 표정 진짜 책에 담고 싶다!

 혁 어우, 뒤통수가 뜨겁네, 허허!

 태 여튼 그래가지고?

 혁 그래서 뭔가 여친 집에 남친이랑 여친 오빠가 편을 먹고 같이 에어컨 쐬러 가면 웃길 거 같아서 그런 얘기를 구상하다가….

 태 아, 맞아! 그랬다가 여름이니까 약간 납량특집 느낌 나게 스릴러로 가자 얘기가 돼서 막 뿅망치도 들어가고 샤이닝도 들어가고.

 혁 맞아! 태용이 형이 뿅망치 넣자고 그랬는데 진짜 잘 생각했던 거 같애.

 규 아직도 댓글에 규남이 그냥 서서 뿅망치 끌 수 있지 않냐고 간혹 달려.

 태 (웃음) 그거는 해명을 계속해야 되겠네.

[혁준과 태용, 30, 40만 비하인드 영상에 나왔던 규남의 '어떻게 제가 그걸 끌죠?!'를 신이 나서 따라 한다.]

규 난 여름 편은 진짜 공포영화에서 한 번쯤 봤을 법한 클리셰들이 다 나와서 너무 웃겼어.

 혁 태용이 형 포크 던지는 장면이랑 규남이 발만 보이는 장면이 진짜 난 아직도 너무 웃겨.

* 포크 던지는 태용   * 태용을 찾는 규남

 태 난 아직도 마지막 혁준이 샤이닝 따라 하는 거 보면서 이 친구의 한계가 어디일지 진짜 궁금해.

 규 오, 연기적으로?

 태 아니, 입 크기가 진짜!

 규 (큰 웃음) 푸하하학!!!

 태 그때 비하인드 영상에서도 말했지만 그게 다가 아니야, 진짜!

* 입 크기 때문에 재촬영까지 했던 마지막 장면

혁 …….

규 오빠 솔직히 빼빼로 세로로 들어가지?

 태 옛날에 만화 보면 악어가 못 물게 입에 막대기 꽂는 것처럼.

 혁 …….

 규 오, 이 오빠, 아까 태용 오빠 표정 됐다.

[이후 규남이 혁준에게 입에 주먹은 들어가냐며 진지하게 묻는다. 혁준은 진짜 가능할 것 같아서 그 자리에서 시도하지는 않는다.]

태 '겨울' 콘텐츠는 우리한테 또 특별한 이유가 있잖아.

규 아, 인급동 1위!

혁 맞아, 맞아. 우리 처음으로 인급동 1위 찍게 해 준 영상!

태 나는 그날 진짜 규남이한테 무슨 일 생긴 줄 알았어!

혁 (웃음) 맞아, 갑자기 전화 와서 엄청 다급하게 '오빠들 카톡 확인 좀 해 줘! 지금 빨리…!'

규 (웃음) 아니, 내가 그때 택시 안이었어. 그래서 마음 같아선 막 소리를 지르고 싶은데 그럴 수가 없잖아.

태 진짜 기념비적인 콘텐츠다. 짠하자, 짠!

[혁규태 커피로 건배한다.]

혁 나는 여름, 겨울 편이 반응이 좋았던 이유가 규남이가 안 무서운 얼굴로 무서운 역할을 찰떡같이 잘 해내서 그래서 진짜 재밌는 영상이 나온 거 같애.

태 맞아, 맞아.

규 아냐, 진짜 오빠들 리액션이 리얼해서 잘 살았어.

태 규남이가 거의 스릴러계에 새로운 지평을 열지 않았나?

혁 무여움 무여움! 무서운데 귀여운.

규 근데 이거 너무 우리끼리 둥가둥가 해 주는 거 아니야?

태 (끄덕인다) 사실 내가 잘했어.

혁 그래, 너희가 뭘 했니. 귀여운 건 내가 다했지.

규 (웃음) 아니, 진짜 웃기네, 이 사람들.

(규남 커피를 한 모금 마신다)

규 하, 근데 알지? 나 그때 진짜 어려웠잖아. 내가 살인자 연기를 언제 해 본 적이 있겠어.

혁 아~ 맞아, 맞아. 여름 찍을 때 좀 힘들어했어.

규 그래서 '히얼스 나미' 이것도 따라 해 보려고 해도 잘 안 돼서 촬영할 때 오빠들이 잠시 촬영 멈추고 속성으로 알려 줬잖아.

혁 왜냐면 태용이 형이 대학로에서 연극할 때 귀신 역할을 되게 오래 했었거든.

규 와, 오빠 귀신도 했어?

태 그때 막 관객 놀래키고 무대에서 기어가고 이런 걸 했었어.

혁 그래서 이 형이 어떻게 움직여야 좀 무섭게 보이고 이런 걸 잘 알더라고.

규 하, 진짜 어려웠어.

태 고생했다, 규남이 진짜.

규 근데 '여름' 때 한 번 해 보니까 '겨울' 편 할 때는 좀 쉽더라고?

태 아, 맞아. 겨울 때 규남이 기가 막혔어.

혁 겨울 촬영 때 규남이 거의 한 번에 다 오케이 났었던 거 같은데?

*기가 막혔던 '겨울'편 규남

규 오랜만에 재밌게 연기했던 거 같애. 아! 그래, 겨울 찍을 때….

태 왜?

규 아니, 겨울 찍을 때 혁준 오빠 애드리브 엄청 쳤잖아.

 태 (웃음) 아! 맞아, 맞아. '히얼스 나미… 히얼스 나미…' 이런 거.

 규 막 '진짜 쐈어!' 이런 거랑 '난닝구 좀 갖다주라.' 이런 거 다 없었

잖아, 원래.

 혁 아니, 그날 규남이가 앞에서 막 엄청 자연스럽게 연기를 하니까

나도 신이 나가지고 입이 좀 풀렸어. 진짜 머리에서 나오는 대로

다 뱉었어.

 태 그래, 묶여 있는 줄 알았는

데 머리 치다가 자기 손 쳐

다보고, 이런 거도 그냥 혁

준이가 한 건데, 그거 너무

웃겨가지고 나는 편집하면

서도 꺽꺽 웃었어.

*맥락 없는 손

 규 (웃음) 댓글에 '그럼 얘네는 안 묶여 있는데 왜 이러고 있는 거

야?' 이런 말들 많았는데 약간 그런 반응을 의도한 거잖아.

 혁 (웃음) 나는 참 그런 맥락 없는 걸 좋아해.

 태 나는 그날 좀 아쉬웠던 게, 겨울 촬영할 때 나를 제일 먼저 찍었

잖아. 그래서 나중에 규남이 혁준이 찍고 나서 보니까 내 파트를

내가 너무 진지하게만 했나 싶더라고.

 혁 아냐, 형 파트는 오히려 연기를 진지하게 잘 해서 웃었어.

 규 그래, 오빠가 올드보이 따라 한 거 구독자 분들이 엄청 좋아했잖아.

 태 아, 맞아. 올드보이 오마주 많이 알아봐 주셔서 좋았어.

 혁 그리고 형 신, 처음 시작이 양말에 물총 뿌리면서 시작하는 거라

전혀 진지해 보이지 않았어요.

규 그거 너무 귀엽지 않아? 해마 물총을 양말에 막 뿌리는 게?

 태 아니, 그날 물총이 우리가 싼  걸 사서 물이 계속 뚝뚝 흘렀

거든? 근데 규남이가 그걸 지갑이랑 신발에 그대로 뚝뚝 흘리면

서 연기를 해서 장면이 더 재밌게

나왔어.

아까 그 표정!

 규 나 지갑에 진짜 물 떨어뜨리고 태

용 오빠 눈치 본 거 알지?

 혁 바로 아까 그 표정 됐잖아.

 태 (웃음) 에이, 무슨 소리야. 영상이 재밌게 나오는 게 중요하지.

 규 그럼 그냥 확 물 부어 버릴 걸 그랬다.

 혁 부먹이네, 부먹.

[이후 촬영 때 사용했던 물총을 팬미팅에서 선물로 드리면 재밌을 거 같다는 얘

기를 나눈다.]

 혁 맞아, 또 댓글 중에 그걸 알아보신 분이 있더라고?

 규 어떤?

 혁 우리가 처음 겨울 영상이 '죄수의 딜레마'에서 아이디어가 출발

했잖아.

근데 그걸 알아보고 말해 주신 분이 있었어.

 규 오, 진짜?

 태 맞아. '밀고를 하면 본인은 감형을 받는 상황' 처음에 그거에서

출발한 아이디어가….

 규　뭔 물총으로 양말 쏘는 이야기가 됐네.

 규, 태　(웃음) 크허허허!

[웃으며 커피를 마시는 혁규태. 커피를 다 마셔서 얼음 달그락거리는 소리가 난다.]

태　자, 여름, 겨울 영상을 한마디로 정리하면 어떻게 정리할 수 있을까?

규　이 콘텐츠는 우리가 안 해 봤던 스릴러, 공포 이런 장르를 해 볼 수 있어서 되게 좋았던 거 같애.

혁　코드가 안 맞는 사람도 당연히 있겠지만, 어쨌든 우리는 이거 짜고 찍고 편집할 때 정말 재밌어하면서 했던 거 같아요.

규　맞아. 인급동 1위 했을 때도 '아~ 우리만 재밌어한 게 아니구나?' 이런 생각에 되게 기분 좋았어.

태　진짜 우리 하고 싶은 거 다 했던 콘텐츠 같은데?

규　(박수를 한 번 크게 친다) 맞아! 댓글 중에 "얘네 진짜 자기들 하고 싶은 거 다 하네." 하는 댓글이 진짜 인상적이었어.

혁　그럼 '우리 하고 싶은 거 다 했는데 좋아해 주셔서 감사합니다.' 이런 느낌인가?

태　(웃음) 한줄평이 '감사합니다.'로 끝나네.

혁　(웃음) 커헉, 그래도 되나?

규　(웃음) 근데 진짜 딱 그 마음이야.

여름 · 겨울 콘텐츠는
'우리 하고 싶은 거 다 했는데
좋아해 주셔서 감사합니다.'이다.

<겨울·그놈도 왔다> 편 실제 대본

규남 집 문 앞에서

보일러를… 틀었어 …ㅎㅎ?

규남   어! 엄마, 나 이제 서울 와서 집 도착했어. 어, 김치, 오빠한테도

       가져가라 할게.

문 열고 들어온다.

규남   어, 오빠? 김태용 뭐 지금 지네 집에 있겠지. (표정 굳고)

혁준, 태용 술판 벌여 놓고 자빠져 자고 있다.

태용 자는 얼굴, 혁준 자는 얼굴

규남   아… 우리 집에 있네… 어, 엄마 내가 또 전화할게.

       아, 왜 또 둘이 우리 집에서 이러고 있어… 어?

로우에서 규남 표정 아래로 쳐다본다.

바닥 손 짚어 보는 규남 (프레임 인)

규남   …헉!!! (보일러 쪽으로 고개 돌림)

보일러 인서트 / 실내 온도 25도로 돼 있다.

규남   ……으아아아아!!!!!

우왁!!!!

TMI 규남이 생략보다 황원 포함해서 컷 하자마자
혁준, 태용 웃혀바리딩..

취조실

TMI 취조실 장면에서 어김없이 등장하는 천장을 선에 넣고 실제로 유성균 테이프를 이용해 천장에 경을 붙는 것에 성공해 기분이 좋았다.

혁준   (덜덜덜)

규남   내가 싫어하는 두 부류의 인간이 있어. 우리 집 에어컨 켜는 놈,

              보일러 켜는 놈!

혁준   으윽… 미안해, 규남아…!

규남   남친도 예외는 아니야, 알았어?

혁준   (끄덕끄덕)   TMI "히얼스 나이 "혁준 애드립추가

규남   누가 보일러 켰어?

혁준   ……!

규남   누가 실내 온도 25도로 보일러 켰는지 말해!

혁준   규남아… 나 정말 그건 기억이 안 나…!!!

규남   그래? 내가 기억나게 도와줄게. (주섬주섬)

혁준   헉…!!!

규남   (물총 꺼낸다) 안녕~   TMI 1탄 여름 편에 사용된 뿜어치를 너무 좋아해 주셔서 뭘 넣을까 고민하다 혁준이 생각해 낸 해마물총

혁준   규남아, 제발…!! 제발…!!!

규남   일단 한 발!

혁준 티셔츠 안에 물총 쏜다.

혁준   으악!!!! 아아악!!!!

규남   두 발….

혁준   으악!! 너무 차가워!!

규남   다음은 양말이야.

혁준	진짜 기억이 안 나서 그래…!!
규남	보일러 켠 게 누군지 기억이 안 나면… 보일러 켜 놓고 창문 연 거 누군지 말해!
혁준	그… 그거는….
규남	(듣는다)
혁준	창… 창문은… 태용이 형님이 더운 거 같다고…!!
규남	(씨익)
태용off	끄아아아아아아!!!!!!

다른 취조실로 화면 변환

태용	(살짝 로우에서) 으아악!!!!

TMI 물에 젖는 양말을 잘 보여 주기 위해
태용은 귀여운 노란 양말을 신고 있다

규남, 태용 양말에 물 뿌리고 있다.

태용	으아악!!! 제발 양말 좀 벗게 해 줘, 제발!!!
규남	왜…? 또 창문 열고 말리면 되잖아.
태용	진짜 미안하다. 규남아, 내가 잘못했다…!!!
규남	(앉으며) 그럼 말해.
태용	어…?
규남	누가 보일러 아침까지 켜 놨는지 말하라고!
태용	…….
규남	(쳐다본다)
태용	나 진짜 기억이 안 나서 그래, 규남아…!! 진짜로!

규남	음…. (주섬주섬)
태용	……. (불안)
규남	(지갑 들면서) …잘 모르시지?

TMI 새로운 재밌로 살때 해본데 것인데 규남이 실수 연쇄 중에 지갑에 좋을 떨어뜨리자, 태용이표정.

태용	헉…!!! 야!!! 야, 그거 찐이야!! 진짜 가죽이야!!!
규남	깔깔깔깔!!!! 알아!
태용	규남아!! 규남아!! 내가 니 개가 될게!! 월!! 월!!! 꼬리 살랑 살랑!!!
규남	(물총으로 조준한다) 깔깔깔!!
태용	야!!! 야! 임마!!! 김규남!!! 나!! 니 오빠잖아!! 니 오빠라고!!
규남	(유지태 빙의) 김태용 씨가 오빠가 아니라… 이번 달 가스비가 오빠예요.
태용	헉…!!

TMI 혁준이 규남에게 톤앤이 유지태 선배님처럼 연기해 알라고 신신당부 ㅋㅋ.

규남	(씨익)

됐냐? 혁준아?

규남 손가락 인서트 - 물총 방아쇠 당기려고 한다.

태용	안 돼!!!!!!!

규남 손가락. 쏘려다가 안 쏜다.

태용	(극도의 공포를 마주함) 으흑… 으으… 으으흐….

다른 취조실

혁준	으흥… ㄱ… 흑….
규남	그러니까 전기장판 위에만 올라가 있었으면 좋았잖아.
혁준	미안해… 규남아, 진짜 미안해.
규남	자, 이제부터 게임 하나 할 거야.
혁준	게임…?
규남	(트래비스 스캇 꺼내며) 눈치게임!
혁준	스캇!!! 스캇!!!!!!

(TMI) 신발은 역시나 혁준의 것이다.

규남	(신발에 물총 들이대며) 근데 두 사람이 하는 눈치게임이니까,
	먼저 말하는 한 사람만 살겠지?
혁준	허… 헉…. (신발을 쳐다본다)
규남	난 한 사람만 필요해.
태용	으흑… 흑…. (지갑을 쳐다본다)
규남	먼저 말하는 한 사람은 산다….
혁준	말 안 하는 사람은…?
규남	(스윽 고개 들며) 물에 빠진 쥐새끼 되는 거야.
태용	(고민한다)
규남	걱정하지 마! 비밀은 철저히 지켜 줄 테니까.
혁준	(고민한다)
규남	자, 눈치게임 시작…!
태용	으으으윽…!!!
규남	말해…!
혁준	응으윽!!!

(TMI) 묶여있던 손이 풀리는 애드립

유야? 나 손 안 묶여 있었네?

규남	(총을 지갑에 겨누며) 빨리 말해!
태용	우으으윽!!

지갑, 스캇에 총 겨누고 있는 규남, 태용, 혁준 구도 2개, 3개 교차되며

혁준   내가 했어…!!!

규남   (쳐다본다)

혁준   내가 켰어… 집이 너무 추워서 내가 켜자고 했어. 형님은 아무것
도 몰라…!

규남   (고개 숙임)

혁준   으흑흑….

규남   (짝 짝 짝 짝 짝)

혁준   ……?

규남   브라보! 후우!

혁준   ……?

규남   나가!

혁준   어??

규남   나가라. 맘 바뀌기 전에. (스캇 던진다)

혁준   (끌어안고) 고… 고맙습니다!! 고맙습니다!!! (뛰쳐나간다)

문 밖으로 뛰쳐나오는 혁준

(규남이 웃음벨)

ⓉⓂⓁ 혁준이 감옥에서 나올 듯한 느낌을
주고 싶었던 혁준은 후반작업에서
성당소리와 새소리을 BGM으로 사용함.

혁준   (눈부시다) 으윽…!!

눈부셔 하는 혁준 뒤로 태용 지갑 들고 서 있다.

태용   혁준아…!

혁준   형님…!

태용   혁준아!!!

둘 끌어안는다.

혁준   형님, 괜찮으세요?! 형님 뭐라고 하셨어요?!!

태용   나… 내가 켰다고 했어.

혁준   흐윽… 저두요…!!!

태용   으흐흐흑!!!!

혁준   으흐흐흑!!!!!

규남 턱 괴고 앉아서 씨익 웃으며 그 위로 혁준 태용 울음소리 깔리다가 조용해지며

규남   훗… 내가 켜 놓고 갔나 보네.

여름·겨울 후속편

규남 집에서 태용 혁준 술 먹으며 게임기 하고 있다.

태용   으하하하!!!!!

혁준   에헤헤헤!!!!

태용   역시 김규남 집이 놀기가 제일 좋아~!

혁준   저는 형님이랑 노는 게 제일 재밌어요~~!!

태용   으하하하!! 오늘 그냥 밤새 놀아 보자고!!

혁준   형님, 근데 규남이 갑자기 오면 어떡하죠?

태용   야! 걱정하지 마. 제주도 간 애가 어떻게 오냐?!

혁준   아… 근데 진짜 혹시나 하니까….

태용   야, 잘 봐! (일어난다)

일어나 거실 불 스위치 쪽으로 가는 태용

혁준   ??

태용, 클럽 사이키 조명처럼 불 껐다 켰다 반복한다.

태용	예에에에에~~!!!!!
혁준	헐!! 형님 그거 규남이가 제일 싫어하는 건데!!
태용	야, 잘 봐!! 안 오지?! 김규남 없지?!
혁준	으하하하하~ 그렇네요~!!!
태용	야, 오늘 짠순이 없으니까 우리끼리 아주 재미지게 놀아 보자고!! 춤이나 춰~!!
혁준	크하하하!!

태용과 혁준 거실에서 신나게 제로투 춘다.

그러다 혁준 발에 걸려 맥주 쏟아진다.

혁준	앗…!
태용	아, 괜찮아, 괜찮아! 휴지로 닦으면 돼! (휴지 가지러 간다)
혁준	아, 형님 제가 갈게요! (같이 가지러 간다)

맥주 캔 끝에서 한 방울씩 뚝뚝 떨어지는 모습

거실로 다시 돌아온 혁준과 태용

태용	갑 티슈 그냥 통으로 부으면 다 닦여~~!
혁준	통 크시네요, 형님. 아하하하!
태용	(맥주 쪽 보고) 어?
혁준	왜 그러세요? (본다)

맥주 흘렸던 곳 위에 걸레 놓여져 있다.

태용 엥…?

혁준 뭐야… 누가 걸레를 갖다 놨지…?

태용 야야야!!! 신경 쓰지 마! 니가 걸레 위에 떨어뜨린 거 겠지!!

혁준 아아, 그쵸? 제가 취해서 지금 정신이 없나 봐요ㅋㅋㅋ

태용 그래, 신경 쓰지 마! 잘됐다! 저걸로 닦으면 되겠네.

혁준 네네.

혁준 걸레로 바닥 닦는데 뭔가 미심쩍은 표정

혁준 원래 여기에… 걸레가 있었나…?

다시 맥주 마시며 놀고 있는 혁준과 태용

태용 뭐야? 맥주, 이거 벌써 다 마셨네?

혁준 형님 더 드실 거죠? 제가 가져올게요.

태용 역시 우리 매제~~

혁준 헤헤헤헤~~ (일어난다)

부엌으로 들어오는 혁준. 냉장고 문을 연다.

혁준 형님 뭐로 가져다 드릴까요?

태용 나 아무거나!

혁준 　(고민한다) 난 뭐 마실까나… 나 아까 뭐 마셨더라?

　　# 거실로 나와서 자기가 마신 맥주를 확인하는 혁준
　　# 다시 부엌으로 돌아왔는데 닫혀 있는 냉장고 문

혁준 　…어라?

　　# 혁준 시선에서 보이는 문 닫혀 있는 냉장고

혁준 　나 문 안 닫은 거 같은데…?

태용 　(거실에서) 매제, 뭐 해? 빨리 와~

혁준 　아… 네!

　　# 거실로 나가는 혁준 표정이 좋지 않다.

태용 　너, 표정이 왜 그래?

혁준 　형님… 뭔가 이상하지 않아요?

태용 　뭐가??

혁준 　아까 분명 걸레도 없었고, 방금 냉장고 문도 갑자기 닫혀 있고… 지금 이상한 점이 한두 가지가 아니에요!

태용 　뭔 소리야~

혁준 　제가 생각했을 때…

태용 　(혁준 쳐다본다)

혁준 　…규남이가 온 거 같아요…!

태용 　뭐?? 제주도에 있는 애가 어떻게 와~

혁준	진짜 이상하다니까요!
태용	아니야! 너 저번에 물총 너무 맞아서 충격이 큰가 보네! 안 되겠다. 내가 김규남한테 전화 한 번 해 볼게.
혁준	아… 네….

규남에게 전화 거는 태용

혁준	(긴장하는 표정)
규남off	여보세요?
태용	어~ 내 동생~ 뭐 해?
규남off	나 지금 놀고 있어.
태용	(혁준에게 안심하라는 듯한 표정) 아, 그래~?
규남off	왜?
태용	아니, 그냥~ 잘 있나 걱정돼서~
규남off	뭐래. 오빠 또 우리 집 가서 펑펑 쓰고 있는 거 아니지?
태용	아이, 뭔 소리야~ 나 우리 집이야~ (혁준에게 보란 듯이 갑 티슈 뽑아서 공중에 흩날린다)
혁준	(깜짝 놀라는 표정)
규남off	…그러지 마. 알았지?
태용	아이~ 절대 안 그러지~ (맥주 들이켠다)
규남off	알았어, 끊어~
태용	그래, 동생아~ (전화 끊는다) 거봐~ 걱정하지 마. 짠해! 짠해!
혁준	네…! 짠!!

거실에서 맥주 마시는 혁준과 태용. 그 순간, 그 둘 뒤로 지나가는 알 수 없는 그림자

시간이 지나 취해 있는 혁준과 태용

혁준　(술에 취해 발음이 꼬이며) 형님~ 이제 씻고 자야 되지 않을까요?

태용　(눈도 못 뜬 상태로) 어우… 너… 너 먼저 씻어~

혁준　네네~

비틀대며 화장실로 향하는 혁준

콧노래를 부르며 샤워하고 있는 혁준

혁준　(물 틀어 놓고 눈 감은 채 샴푸하고 있는) 어우, 시원하다~
　　　규남이 있었으면 샴푸칠 할 때 물 끄고 하라고 했을 텐데ㅋㅋ

그 순간 꺼지는 물

혁준　…뭐야? 갑자기 물이 왜 안 나와….

다시 물을 트는 혁준

혁준　(무서움에 크게 콧노래를 흥얼거리며 샴푸하는) 내 사랑에~~~

다시 꺼지는 물

혁준　……!!!

이리저리 고개를 돌려 보지만 아무도 없다.

다시 물을 틀고 씻는 혁준

혁준 (화장실 둘러보다) …그래 …규남이 있었으면 보일러도 껐겠지~

갑자기 찬물로 바뀌는

혁준 앗, 차가워!!

순식간에 겁에 질리는 혁준

혁준 으아아악!!!

서둘러 옷을 입고 뛰쳐나간다.
화장실 문을 박차고 나온 혁준. 깔끔하게 정리되어 있는 거실에 아무도 없다.

혁준 …형님…? 형님!!

거실을 둘러보지만 태용의 모습이 보이지 않는다.

혁준 (겁에 질린)

갑자기 꺼지는 집 안의 모든 불

혁준   헉…! 헉!!!

        # 알 수 없는 목소리가 들린다.

목소리   사용하지 않는 전등은 꺼 놓기….

혁준   (주위를 둘러본다) 으아악!!!!! 누구야!!

목소리   냉장고 문 자주 열고 닫지 않기….

혁준   (귀를 막으며) 으으…!!!

목소리   샤워는 10분 내로 끝내기….

혁준   누구야!!! 누구냐고!!!

        # 어둠 속에서 움직이는 알 수 없는 그림자

혁준   (겁에 질린 듯 일그러지는 표정)

        # 순식간에 혁준 눈앞으로 다가온 규남 얼굴

규남   그러지 말라니까!

        # 화들짝 놀라며 깨는 혁준

혁준   으아악!!!

태용   혁준아!

혁준   헉…! 헉…!

태용   야, 너 많이 취했어? 술 먹다 갑자기 잠들면 어떡해?!

혁준   (화들짝 뛰어간다)

태용   야, 어디 가!

부엌 들어가서 불 끄고 냉장고 문 닫혀 있는지 확인하는 혁준

다른 방으로 급하게 뛰어가는 혁준

태용   (그 모습을 보며) 야, 혁준아!

다른 방 들어가서 안 쓰는 콘센트 다 뽑아 놓는 혁준

혁준   (겁에 질려 실성한 듯) 빼야 돼… 다 빼야 돼!

태용   (들어오며) 야, 너 뭐 해?

혁준   (혼잣말하듯) 안 쓰는 전등 꺼 놓기… 콘센트 빼 놓기….

태용   왜 그래!!

혁준   휴….

태용   야, 너 괜찮아?

혁준   …이제 괜찮을 거예요.

태용   뭔 소리야?

안심하는 혁준, 의아한 표정의 태용 뒤로 창문에 보이는 사람 형체

혁준   저기!! 저기!! 창문 밖에!!!

태용   뭐?? (창문 쪽으로 간다)

창문 열어 보는 태용

태용	??
	야, 뭐 아무도 없잖아!
혁준	아닌데…! 분명 규남이가 서 있는 것 같았는데…!
태용	야야, 너 지금 자다 깨서 그래!
혁준	어… 아닌데….
태용	야, 신경 쓰지 말고 짠이나 해!! 으하하하!!!

\# 태용 혁준 떠드는 소리 위로 창밖 마당에 뿅망치 떨어져 있는 모습 나오며

- This is Fiction -

Deep

〈운명〉 편 메이킹 비하인드 스토리 | 〈운명·저기요〉 편 실제 대본 | 운명 후속편

chapter 3

<운명> 편 메이킹 비하인드 스토리

 규 (웃음) 이 편은 내가 너무너무 하고 싶었던 거였어.

 태 맞아, 규남이가 이 소재를 엄청 하고 싶다고 예전부터 그랬어.

 규 이거 짤 때 우리가 회의를 엄청 오래 하고 많이 했는데도 결말이 안 나왔었잖아.

 혁 맞아, 그랬어.

 규 (웃음) 근데도 너무 하고 싶어서 내가 계속 밀어붙였지. 나 진짜 처음으로 시나리오 쓰면서 울었잖아.

 혁 (웃음) 맞아.

 규 눈물이 계속 나는 거야. 감정 이입이 돼 가지구.

 태 실제로 규남이 촬영할 때도 그렇고, 리딩할 때도 그렇고… 계속 글썽글썽했잖아.

 규 맞아….

 태 산타 할아버지가 그해에 못 오셨지. 그래서?

 혁 (웃음) 하하학!

 규 (웃음) 양말이 휑했어.

 태 우는 아이에게는 못 주서, 선물을.

 규 아니, 우리가 이런 걱정이 있었잖아. 이게 너무 '배우 지망생'이라는 틀 안에 있는 이야기라 사람들이 공감을 잘 못하지 않을까 하는….

 혁 (끄덕인다) 음.

 규 근데 결론적으로는 보신 분들이 '열심히 최선을 다해 한 우물을 파면 결국 이루어진다.', '열심히 준비한 사람에게 기회는 반드시 찾아온다.' 하는 내용의 댓글을 많이 써 주셔서 되게 좋았던 거 같애.

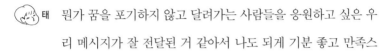 태 뭔가 꿈을 포기하지 않고 달려가는 사람들을 응원하고 싶은 우리 메시지가 잘 전달된 거 같아서 나도 되게 기분 좋고 만족스러웠어.

 혁 우리도 연극하고 이럴 때 진짜 그게 술안주였잖아.

 태 (웃음) 아, 연기 얘기?

 규 (웃음) 맞아, 맞아.

*그래도 맛있는 안주는 먹었습니다.
대학로 연극배우 시절 풋풋한 혁준과 태용

혁 그때는 막 진짜 언제 잘될까, 이런 걱정보다 아까 그 장면에서 연기가 어땠고 다음에는 이런 식으로 해 보고… 뭐 이런 얘기들을 많이 했었잖아, 우리도.

태 그래서 어떤 분야든 그런 시기가 있었던 사람들이 많이 공감하시지 않았을까?

규 아니면 지금 그 시기에 있는 사람들.

[이후 각자 공연할 때 제일 적었던 관객 수가 몇 명이었는지 얘기한다. 혁준 4명, 규남 5명, 태용 4명이었다. 심지어 태용은 공포 연극이라 심히 난감했다고 당시를 회상한다.]

혁 이게 처음 아이디어는, 원래 배우 지망생 알바가 유명한 감독을 우연히 만나 본인을 어필하는데 점점 과장되고 과장되는, 좀 웃긴 분위기의 이야기였잖아?

규, 태 맞아, 맞아.

혁 근데 이게 쓰다 보니까 우리가 알바를 많이 하기도 했고 '나라면 진짜 어땠을까?' 하는 마음이 딱 들어가지고.

태 이입이 되니까.

규 맞아, 이입이 엄청 되다 보니까 쓰면서 방향이 많이 바뀌었지.

혁 그래서 그런지, 지금 보면 감독이 뽑는다는 '예영' 역할 진짜 이상한 역할 아니야?

태 (웃음) 맞아, 막 카메라를 잡아먹을 것 같은 눈빛에.

규 (웃음) 말투마다 증오의 감정 담겨 있고.

혁 (웃음) 뜬금없이 막 웃고.

태　진짜 영화에 나오면 특이한 캐릭터긴 하겠다.

혁　그러니까 천하의 윤태용 감독도 선불리 찾지를 못했던 거야.

태　(웃음) 으하하하!

규　윤태용 감독님, 나 왜 바로 안 뽑았어요. 딱 볼 때 느낌 안 왔어요?

태　어… 그래, 미안하다, 규남아.

규　괜찮아요, 그래도 끝엔 뽑아 줬으니까.

혁　(갑자기 웃음 터진) 푸하하하학!

태　왜?

혁　아니, 딱 예영이 맞네, 규남이….

규, 태　(큰 웃음) 으하하하하하!

[윤태용 감독과 김규남 배우, 기똥찬 캐스팅이었다며 만족해 한다.]

태　'운명' 편에 규남이가 진짜 연기를 잘하긴 했어.

혁　맞아, 연기 잘한다는 댓글이 엄청 많더라.

태　마지막에 활짝 웃는 그 장면이 내가 봐도 되게 뭉클하긴 했어.

혁　맞아요, 중간에 나온 부분이랑 일맥상통하면서.

태　어. '울면서 웃는다.'로 끝낸 엔딩이 너무 잘 살아서 만족스러웠어.

혁　그때 광고주 분들도 앞에서 보면서 엄청 흡족해 하셨잖아요.

규　(웃음) 아니, 나 앞쪽에 웃긴 부분 찍을 때도 막 카메라 뒤에서 숨어서 웃고 계셨어. 그게 나도 너무 웃겨서 나도 연기할 때 막 웃음 참으면서 했었어.

태　그날 또 기억나는 게 우리 촬영했던 데가 통창이라 막 지나가던 분들이 우리 알아보시고 그래서….

혁 아, 맞아, 맞아.

태 우리 처음으로 알아보신 분들은 밖에 계속 계셨어, 엄청 추운데도.

규 A4 용지 같은 거 들고 계시지 않았나?

혁 맞아 '잘 보고 있어요!' 이렇게 써가지고.

규 (웃음) 아, 맞아, 맞아.

혁 그래서 중간에 촬영 끊고 나가서 같이 사진 찍고.

태 우리를 너무 좋아해 주셔서 좀 감동받았었어.

규 그리고 그때 고등학생 친구들이 많이 알아봐 주지 않았나?

혁 (갑자기 큰 웃음) 아하하학! 맞다, 그때 겁나 웃긴 거 있었잖아.

규 뭐 뭐?

혁 아니, 고등학생 친구들이 지나가다가 태용이 형 보더니

　　"어?! 야, 텍스야, 텍스!"

규 (큰웃음) 아하하학!

태 (웃음) 아니, 나도 진짜 좀 닮은 사람이면 모르겠는데 전혀 안 닮은 분을 말하시니까….

규 (웃음) 그러니까 나도 나중에 찾아봤는데 하나도 안 닮았던데.

태 나 진짜 바로 "아닙니다! 저 태용입니다!" 막 소리치고 그랬어.

혁 집에 와서 생각해 보니까 진짜 궁금하더라고 왜, 진짜 왜 그런 말을 했을까?

태 팩스를 급히 보낼 데가 있었나?

혁 아님 그냥 댄스가 추고 싶었나?

규 그냥 돼지야.

태 (웃음) 아니 라임이 전혀 안 맞는데 규남아.

규 그건 그냥 내가 한 말이야.

혁 (웃음) 진짜 예영이야, 예영이….

 규 예영이는 나고 태용이는 돼지야.

 태 (웃음) 으하하하!

돼지야!

[혁규태, 손가락을 빙빙 돌리며 띱 이모티콘의 규남
'돼지야'를 따라한다.]

 혁 아, 엔딩 관련해서 이런 댓글이 많던데. 투자자가 고개를 돌려
규남이한테 "커피 언제 주냐?" 이런 말을 한다든가.

 태 아, 있었어, 있었어.

 혁 "투자자가 기똥찬 여배우 알아요!" 하고선 다른 여배우 이름을
말한다든가.

 규 맞아, 그런 얘기 엄청 많았어. 진짜 감동 바사삭이야.

 혁 근데 웬만하면 우리가 우리 영상 안에서는 해피엔딩을 보여 주
려고 하잖아.

 규 그리고 그 캐스팅되는 엔딩이 우리의 꿈 같은 거니까.

 혁 그래, 그게 현실에선 일어나지 않을지언정 그 영상 주제가 현실
직시 이런 게 아니니까.

 태 실제로 댓글 중에 본인이 예체능 쪽 일을 하고 계신 분인데 이
운명 편이랑 되게 비슷한 경험을 하셨다고 했던 분이 있었어.

 혁 (눈이 커진다) 아!

 규 맞아, 맞아, 기억나!

 태 근데 그분은 그때 말을 못 걸었는데, 우리 영상을 보고 이제는
똑같은 상황이 왔을 때 말을 걸어 볼 수 있을 거 같은 용기가 생

겼다고 하시더라고.

혁 어우, 너무 좋은 댓글이네요.

규 우리 영상을 보고 용기가 생기셨다고? 오, 뭔가 기분이 이상하다….

혁 진짜 나는 한 번씩 운명 편 댓글 정주행하거든.

태 나도 그래. 약간 울고 싶을 때 보는 영화 그런 느낌이야.

혁 뭔가 그 편 댓글을 쭉 보다 보면 마음이 좀 포근해져요.

규 거기에 장문으로 진짜 좋은 댓글이 많이 달렸잖아.

태 맞아, 좋은 말 진짜 많아.

규 나는 그래서 '아, 우리가 잘 하고 있구나.' 이런 느낌도 들고.
우리가 시청자 분들에게 감동을 주고 그분들이 댓글로 우리에게 다시 감동을 주는, 좀 그런 걸 느꼈어.

혁 아, 그리고 '운명' 편을 보고 배우지망생 분들한테 개인적으로 DM이 많이 왔었어.

태 맞아, 나도 예체능 계열 하시는 분들.

규 맞아, 이번 영상 보고 자기가 응원받은 거 같다고 감사하다고 막….

태 규남이 지금도 좀 글썽글썽한데?

규 어우, 나는 시나리오 구상 때도 울고, 대본 짜면서도 울고, 현장에서도 울고, 영상 완성된 거 보면서도 울고….

혁 규남이 계속 울었어, 진짜.

규 왜 그랬나, 몰라.

혁 규남이가 예전에 알바하면서 그 순간을 꿈꿔 본 적이 있나 봐.

규 그치, 진짜 모든 지망생들이 꿈꾸는 상황이잖아.

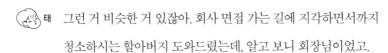 태　그런 거 비슷한 거 있잖아. 회사 면접 가는 길에 지각하면서까지 청소하시는 할아버지 도와드렸는데, 알고 보니 회장님이었고.

규　아, 맞아. 그런 거 있어.

혁　회사 면접은 그거 아니야? 면접 가다가 부딪혀서 "이봐요, 앞을 똑바로 봐야죠!"

태　(웃음) 아아~ 그랬는데 나중에 면접장 딱 들어갔더니….

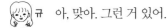 규, 태　"어~? 아까 그 싸가지~?"

[혁규태 박수 치며 깔깔 웃는다. 태용 난방 온도를 조금 낮춘다.]

규　태용 오빠가 감독 연기 잘한다는 말도 많았는데.

혁　아~ 안경 끼고 막 손도 이렇게 제스처 써 가면서 하는 게.

규　어, 예술가 감독 막 이런 느낌.

태　나는 그날 머리가 잘 돼서 마음에 들어.

혁　덱스 머리?

태　(웃음) 아닙니다!! 저 태용입니다!!

규　맞아, 우리가 촬영할 때 의상이나 머리에도 나름 신경을 쓰잖아?

혁　어, 그치.

규　그날 혁준 오빠는 콘셉트가 약간 어리벙벙 대표님, 이런 느낌이어서 오랜만에 또 그 안경을 썼잖아.

태　아! '솔지안', 솔로지옥 안경.

혁　(웃음) 아니, 난 억울한 게… 내가 진짜 패션 감각이 없긴 한가 봐. 나 솔지남(*솔로지옥 남방)도 그렇고 그 안경도 그렇고 되게 잘 어울리고 멋있다고 생각해서 산 거거든?

규 아, 근데 그 안경이 어리벙벙 역할에 찰떡이야. 진짜 잘 샀어!

솔지안
솔지남

혁 (웃음) 아니, 난 그런 '잘 샀어'를 바라고 산 게 아니라니까.

태 진짜 안경 덕에 잘 살았어, 캐릭터가!

혁 근데 마지막 장면에 투자자가 '저 기똥찬 여배우 알아요.' 했을 때 갑자기 맹하던 애가 잘생겨 보인다는 댓글 많았어.

태 아, 맞아, 맞아.

규 맞아, 특히나 우리 영상 보면서 그런 말들이 많으… 푸학!!! (웃음 터진)

혁 ?

태 ?

규 그니까 우리 댓글에 유난히 그런 말들이 많더라고. 혁준이 태용이 원래 안 그랬는데 점점 잘생겨 보인다는, 그니까 오빠들이 캐릭터 연기를 잘 하니까 오빠들이 잘생김을 연기하… (규남을 말없이 응시하던 태용, 혁준과 눈이 마주친다)

(큰 웃음) 으하하하하하!!!!!

혁 얘, 지금 잘생겨 보인다가 중요한 게 아니라 '원래 안 그렇다'는 부분에서 빵터진 거 같은데.

태 이거 책에 꼭 쓰자! '혁준과 태용 말없이 규남을 응시한다.'

규 (웃음) 아니, 내가 말하다 보니까 웃겨서 그런 건데 진짜 나는 잘생김을 연기하는 게 대단하다고 생각하거든? 그만큼 겉으로는 볼 수 없는 매력이 있다는 거잖아.

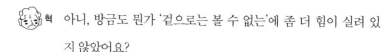 혁 아니, 방금도 뭔가 '겉으로는 볼 수 없는'에 좀 더 힘이 실려 있지 않았어요?

 규 (박수치며 크게 웃는다) 아하하하학!

태 (웃음) 책에 꼭 써! 이거 김규남이 박수 치며 크게 웃었다고.

[규남 '오해야, 오해!'를 연발하며 물을 한 모금 마신다.]

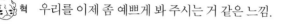 태 근데 진짜 우리 영상 보시는 분들이 우리한테 호감도가 많이 쌓인 거 같애.

혁 우리를 이제 좀 예쁘게 봐 주시는 거 같은 느낌.

규 친해지고 싶다는 댓글 많이 달리잖아.

혁 맞아, '저 자리에 끼고 싶다.' 이런 댓글.

규 우리가 시나리오를 쓸 때 캐릭터를 호감 있는 인물로 만들려고 노력을 많이 하니까.

태 그치. 미운 구석이 있는 캐릭터도 마냥 밉지는 않게.

혁 그래서 '운명' 편을 쓸 때 규남이 캐릭터 밸런스 잡기가 되게 힘들었던 게… 규남이가 감독한테 잘 보이겠다고 손님한테 너무 막 하면 비호감 캐릭터가 돼 버리니까.

규 맞아, 맞아.

혁 그래서 중간중간 '죄송한데, 저 좀 도와주세요.' 이런 느낌의 대사를 좀 추가했어.

태 맞아, 그래서 완급 조절이 됐지.

규 그렇기 때문에 되게 재밌게 나올 수 있었던 거 같애. 우리 언니는 이 편을 열 번 넘게 봤대.

혁 아, 정말?

규 심지어 매번 울면서 봤대. 그게 너무 신기했어.

태 맞아, 댓글에도 광고 영상인데도 재밌어서 생각날 때마다 찾아서 본다는 분 있었어.

규 진짜 신기해. 우리가 그런 영상을 만들었다고?

[세 사람, '운명' 편 회의하다 계속 막혔을 때 대본을 엎었으면 큰일 날 뻔했다는 얘기를 나눈다. 규남이 '기똥찬'이라는 말로 영상의 앞과 뒤를 연결했던 게 참 기똥찼던 것 같다는 얘기를 덧붙인다.]

혁 자 '운명' 편은 한마디로 어떻게 정리할 수 있을까?

태 나는 'Dreams come true'!

혁 SES?

태 (SES - Dreams come true 전주 부른다) 따~ 라라 따라라라~

혁 (웃음) 하하학!

규 나는 뭔가 '팍팍한 세상에 한줄기 빛' 이런 느낌이야.

혁 (끄덕인다) 음~

규 막 우리가 현실에서는 노력해도 다 뜻대로 안 될 때도 있고 그렇잖아. 그런데 이 영상에서 만큼은 알바생 규남이가 진짜 말도 안 되는 행운을 겪잖아?

태 그치.

규 그래서 이 영상을 보는 모두가 '팍팍한 세상에서 그런 한줄기 빛을 보게 되는 날이 오면 좋겠다.' 하고 생각해서 그 말이 떠올랐어.

혁 생각해 보면 우리도 그렇네.

 규 어떤 게?

 혁 실제로 우리도 영상 속 알바생 규남이처럼 아무도 안 보는 유튜브 한쪽 구석에서 우리끼리 막 이것저것 하고 있었잖아.

 태 맞아, 맞아.

 규 (끄덕인다) 진짜 맞아.

 혁 그니까 우리한테는 투자자가 우리 구독자들인 거지. 이 사람들이 우리를 봐주고 여기저기 친구들한테 '저 기똥찬 유튜버 알아요?' 하면서 소문도 내 줘서 우리도 지금 이렇게 채널도 커지고 책도 쓰고 하는 거니까.

 태 맞아, 진짜 너무 감사하지!

 규 하, 맞아. 기똥찬 사람들이야.

 혁 그러면 한마디로 정리하면 이렇게 되겠다.

 운명 콘텐츠는 '우리를 팍팍한 현실에서
Dreams Come True 하게 해 준
한줄기 빛 구독자들에게 보내는
감사와 응원의 메시지'이다.

<운명·저기요> 편 실제 대본

우지 커피 외관 나오며 알바생 규남 목소리 깔린다.

(TMI) 배우들 사이에서 마번 오가는 대화야.

규남   하, 뭘 어떻게 돼. 오디션은 떨어지려고 보는 거야.

목소리 나오다 카운터에 앉아 있는 알바생 규남으로 넘어간다.

규남   아, 몰라. 몇 초 보지도 않았어. 하~ 하다 보면 기회가 다 온다는
데 나는 언제 기회가 오냐….

(TMI) 규남은 대본 작업에서 첫 대사부터 눈물이 촉촉해졌다.

전화하며 들어오는 태용

태용   아니, 조감독님!

규남   야야, 끊어. (전화 끊고) 어서 오세요, 우지 커피… 어?

나. 감독)

태용   없어요, 진짜 없어요. (자리로 간다)

규남   …헐, 윤태용 감독이다.

윤태용 감독이다 …

자리 앉는 태용

나. 배우지망생)

태용   **예영 역할** 오디션만 500명 넘게 봤는데 맞는 배우가 없어, 하….
그리고 온 사람들 딕션이 너무 안 좋아서 뭐라고 하는지 못 알아
듣는 게 절반이야.

(TMI) 규남이 드라마 첫 데뷔작 이름.

규남   (그 말 듣고 입 푼다) 간장공장 공장장… 올망졸망 똘망똘망….

카운터 앞에 온 태용

태용	(오며) 그니까 발음 안 좋은 사람이 너무 많아.
규남	(들숨)

(TMI) 윤태옥 배우님 본인는 발음이좋아
자신 있게 추가한 대사다.

태용	조감독님, 일단 나 커피 좀 시킬게요. (규남에게) 여기 뭐가 맛있어요?
규남	(표정)
태용	(표정)
규남	(또박또박) 저희 우지 커피 대표 메뉴로는 딥 카페라떼와 피넛크림라떼가 있습니다. 아메리카노도 스페셜티급 블렌딩 원두를 사용하여 손님들께서 많이 찾으십니다. (두 가지 구도 교차로 사용)
태용	아 ~
규남	(기대, 뿌듯)
태용	네, 딥 카페라떼 하나 주세요.
규남	(또박또박) 네, 자리에 계시면 가져다 드릴게요.
태용	예. (간다)
규남	후… 잘했다, 잘했다, 규남아.

태용 자리

태용	아, 어어, 그니까.
규남	(손만 음료 제조하며 태용 쪽 의식한다)
태용	그니까 조감독님 그게 아니라 이런 느낌이야. 여배우가 눈빛으로 카메라를 잡아먹을 것 같은 그런 느낌이어야 된다니까!
규남	(태용 앞에 스르륵 들어오며 이글이글한 눈빛으로 음료를 내려놓는다)

태용	……?
규남	……맛있게 드세요. (간다)
태용	????

TMI) 규남은 현장에서 카리스마 있는 척을
하다가 본인의 웃음이 웃겨
NG를 냈다..

카운터로 돌아온 규남

규남	(폰 보고 표정 똑같이 해 본다) 아, 입을 좀 더 무섭게 할걸…. (입을 강조)
혁준	(들어온다)
규남	어서 오세요, 우지 커피입니다.
혁준	아, 네, 따뜻한 아메리카노 한 잔이요.
규남	네. (얼핏 태용 보는데)

TMI)

(입을 강조 X)
(이를 강조 O)

태용 전화하다가 규남 쪽 본다.

규남	(당황한다)
혁준	얼마예요?
규남	(다시 무서운 표정으로) 싸요. 1500원.
혁준	아, 네… 되게 싸네요?
규남	왜요? 싸니까 맛이 없을 거 같아요?
혁준	아니요… 전에 먹어 봤는데 맛있었어요.
규남	딕션 똑바로 안 해!!

TMI) 혁준은 어리숙하게
보이고 싶을때
이 안경을 쓴다.

아,,어,,

태용이 다시 전화를 한다.

규남	(태용 쪽 보다 안심하며) 휴….
혁준	(딕션 또박또박 하려고 노력) 아니요. 일전에 먹었을 때에는 굉장히 맛이 있게 먹었습니다.

규남	어머, 죄송해요, 죄송해요.
혁준	네?
규남	제가 지금 진짜 살면서 다신 안 올 일생일대의 기회거든요??
혁준	아… 저한테 뭐라고 하시는 게…?
규남	아뇨, 아뇨, 그게 아니라, 제가요.
태용OFF	아니, 그러니까….
혁준	네?
규남	(혁준에게) 쉿!!!
혁준	죄송합니다.

태용 전화한다.

태용	왜 그게 중요하냐면 예영이가 전 남친을 엄청 증오하는 역할이 잖아요. 그래서 말투에 증오의 감정이 담겨야 돼.
규남	하…. (혁준 본다)
혁준	(멍하다.)

TMI 혁준이 표현한 '맹한 연기' 꼭 영상으로 확인해 주세요.

규남	저기요.
혁준	네?
규남	제가 지금 연기를 해야 되거든요?
혁준	연기요??
규남	네, 진짜 그것도 기똥차게 해야 돼요.

혁준	아, 기똥….
규남	기똥차게! 어쨌든 지금부터 제 전 남친 역할 해 주셔야 돼요.
혁준	예???
규남	진짜 꼭 좀 부탁 드릴게요. 일생일대의 기회라니까요!
혁준	어… 제가 연기를 해 본 적이 없는데….
규남	제가 이거 해 주시면 저희 신 메뉴 크리스마스구마 한 잔 드릴게요.
혁준	저는 뜨거운 아메리카노….
규남	아니, 그것도 드리고!
혁준	아, 또 주시는…?
규남	응응. 자, 해요. 시… 작!

\# 태용 전화하는 중 규남 목소리 들린다.

태용	아니지, 완전 밀어내야지.
규남off	너, 진짜 왜 이래!
태용	(규남 처다본다)

\# 태용 O.S 규남 혁준을 앞에 두고 열연하고 있다.

규남	나한테 왜 그러는데!! 싫다고 말했잖아, 싫다고 !
혁준	……미안하다. (TMI)규남이 배우지망생 시절 알바하여면서 해 봤던 상성다. 그래서 더 열연함.
규남	나… 너 증오해!
태용	(처다보고 있다)

혁준	(작게) 조금… 상처인데요.
규남	(작게) 죄송해요.
혁준	(작게) 일단 계속하세요…!
태용	근데 절대 밝음을 잃진 않아.
규남	(웃으며) 그치만 즐거웠어.
태용	그래서 뜬금없이 웃어 막.
규남	아하하하!!!! 그때 기억나?
태용	그러다가 옛날 생각나서 사색에 잠기고….
규남	근데 다 옛날 얘기야….
태용	그래서 애는 울면서 동시에 웃어….
규남	(눈물을 보이며 웃는다) 잘 가, 오빠….
혁준	와….
태용	음…. (하며 음료 한 입 마신다)
혁준	우와… 연기 진짜 잘 하시네요?
규남	(눈물 닦으며) 아, 진짜요? 감사해요, 히히.
태용	(규남 부른다) 저기요!
규남	헉!!! (기쁨) 대박, 여기서 잠시만 기다리세요!! (간다)
혁준	아, 네…!
태용	(기다린다)
규남	네?
태용	저기 혹시….
규남	네…!
태용	음, 금요일에 오디션이 있는데….
규남	(감동) 네!!

(TMI) 태용이 규남의 연기를 보고 안쓰러워하는 반응처럼 보였으나, 사실은 음료에 대한 감탄. 살짝의 낚시..!

음~ 맛있네~

태용	<u>단체 주문 배달</u> 돼요? 여기서 얼마 안 먼데.
규남	아….
태용	이거 딥 카페라떼 한 40잔 정도 주문하려구요.
규남	네… 가능하세요.
태용	네, 그럼 그때 전화 드릴게요.
규남	네…. (카운터로 다시 간다)

TMI) 현장에서 기대하던 규남에게 단체 주문 얘기를 하는 태용이, 규남은 너무 얄미워 보였다.

응, 너말로 단체주문~

카운터 쪽

혁준	(규남 오는 거 본다)
규남	(풀 죽어 온다) …….
혁준	제가 또 어떤 거 도와드리면 될까요?
규남	아, 이제 괜찮아요….
혁준	어… (전화 온다) 네, 여보세요?
태용	네, 투자자님 어디쯤 오셨어요?
혁준	저 카페 도착해 있어요.
규남	??
태용	아, 네, 저 여기 있어요!
혁준	아, 네. (태용에게 간다)
태용	아이고, 오시느라 고생 너무 많으셨어요.
혁준	아, 여기 한 번씩 와서….
규남	????
태용	저희가 지금 예영 역할만 남았는데 아직 배우를 못 찾아서… 늦어져서 죄송합니다.

혁준	(끄덕 끄덕)
태용	아, 진짜 어디 기똥찬 여배우 없나~~
혁준	(규남 본다)
규남	(혁준 본다)
혁준	**저 기똥찬 여배우 알아요.** (씨익)
규남	(울면서 웃는다)

(TMI) 규남은 저 대사를 치는 혁준이
처음으로 잘생겨 보였다.
(컷 하자마자 맹꽁이로 다시 돌아옴)

기똥찬 여배우 알아요‥

운명 후속편

매니저 차에서 내리는 규남

행인1　　헐!! 김규남이다!!!

행인2　　오와와!!! 예영이 김규남이다!! 완전 팬이예영!!

규남　　（짧은 목례） 감사합니다ㅎㅎ

규남na.　　나는 예영 역으로 캐스팅 된 이후, 스타덤에 올랐다.

매니저　　규남 씨, 우리 30분 정도 있다가 출발하면 될 것 같아요.

규남　　아, 그럼 저 잠시 어디 좀 들렀다 올게요.

매니저　　어디요??

규남　　…예영이를 처음 만난 곳이요ㅎㅎ

매니저　　응?

예전에 일했던 카페로 들어오는 규남, 여자 알바생 인사한다.

알바생　　어서 오세요!

규남　　（추억에 잠긴다）

규남na. 이곳은 여전하구나. 카페의 은은한 커피 향이 내 과거의 향을 담고 있는 듯 머릿속에서 옛 추억이 서서히 퍼진다.

알바생 어떤 걸로 드릴까요?

규남 따뜻한 아메리카노 한 잔이요.

알바생 아, 넵…! 자리로 가져다 드릴게요.

규남 (살며시 웃고 자리로 간다)

자리에 앉은 규남, 추억에 잠겨 전화를 한다.

규남 여보세요, 윤 감독님.

태용off 어, 규남 씨, 무슨 일이야?

규남 저 지금 그 카페 왔어요. 감독님이랑 처음 만났던 곳.

태용off 아~ 그래? 규남 씨! 다음 작품도 하나 같이해야지~!

규남 하핫, 언제 들어가는데요?

태용off 올해 하반기인데 혹시 일정 가능하니?

규남 하하… 지금은 제가 차기작이 예정돼 있어서.

태용off 아, 너무 바쁜 거 아니야~??

규남 하하, 죄송해요~!

태용off 그럼 주변에 좀 예영이처럼 성깔 있는 연기 잘하는 여배우 좀 소개시켜 줘~!

규남 성깔 있는 연기 잘하는 여배우요??

태용off 어어, 그런 사람이 안 보이네~~

규남	성깔 있는 여배우를 어떻게 제가 딱 찾아요~!

규남 앞에 커피 잔을 탁 내려놓는 알바생 – 탁!!!

규남	……?
알바생	(화가 났다) 맛있게 드세요….
규남	아, 네….
알바생	하아…. (무섭게 노려보며 사라진다)
규남	뭐야…?
태용off	규남 씨, 뭔 일 있어?
규남	아, 아니에요. 계속 얘기해 보세요, 감독님.
태용off	아니, 뭐 그런 장면이 있거든. 화가 나서 여기저기 막 화풀이하고! 그런 거.
규남	아~! 막 여기저기 소리치고 짜증 내고 그런 장면이에요??
알바생	어이!!!! 어이!!!! 차 빼!!!!!
규남	? (놀라서 알바생 쳐다본다)

알바생 가게 밖으로 고개만 쭉 내밀고

알바생	남의 영업장 앞에 뭐 하는 짓이야!! 차 안 빼?! 진짜 보자 보자 하니까!!!!
규남	……설마?

규남의 과거 회상, 윤태용 감독의 말대로 연기를 보여 줬던 과거 자신

의 모습이 떠오른다.

규남   (커피 툭 내려놓으며 무섭게) 맛있게 드세요.

규남   나 오빠 증오해!!

규남   잘 가…! 오빠…!!

현재로 돌아온 규남

규남   (피식 웃으며) 하… 감독님 이런 느낌이었어요?

태용off   뭐가??

규남   (웃는) 아니에요. (전화를 스피커 폰으로 바꾼다)

    감독님, 계속 얘기해 봐요. 무슨 역할이든 찾을 수 있을 거

    같애.

태용off   아니, 막 분에 못 이겨서 막 화내면서 눈물 흘리고 그런 장면

    도 있거든!

규남   그래요? (알바생 본다)

#알바생 문 앞에서

알바생   (눈물을 흘리며 울분을 토해 낸다) 어흐흑! 진짜!!!! 주차 금지라

    고요!!

    내 말이 우스워?!?! 도대체 몇 번을 말해야 되냐고!!

규남   (흐뭇하게 끄덕이며) 옳지. 감정 좋네. 또요? 또 뭐가 필요해?

태용off   얘가 복싱을 배웠다는 설정도 있어!

규남   복싱…? 그것도 되려나?

알바생 차주 앞에서 복싱 스텝 밟고 있다.

알바생	드루와! 훅 훅 훅!!
규남	(흐뭇하게 웃으며 박수 친다) 오우…! 액션도 좋은데~?

알바생 뎀프시롤 하고 있다.

알바생	훅 훅 훅 훅 !!!
규남	(흐뭇) 저 열정… 참 예뻐 보인다.
태용off	규남 씨!! 찾을 수 있겠어?!
규남	찾았어.
태용off	배우???
규남	응… 그리고 내 옛 열정도.
태용off	무슨 말이야, 규남 씨??
규남	(피식) 아니에요, 연락 줄게요.
	(그 순간 들려오는 경찰차 사이렌 "위이이이잉이잉~")
규남	응?

창밖 보면 차주 코피 흘리고 있고 알바생이 경찰에게 잡혀가고 있다.

알바생	아씨, 나 보라고!!! 아아아!! 진짜 겁나 열받네!!!!!
차주	으어허학… 허억… 코…!
경찰	당신은 묵비권을 행사할 수 있고….
알바생	으아아아아아!!!!!!!!
태용off	기똥찬 사람 찾은 거지, 규남 씨?!

규남   …아니야, 쇠고랑 찬 사람이었어.

- This is Fiction -

Presented to

띱 Deep

For passing 100,000 subscribers

YouTube

Deep

〈플러팅〉 편 메이킹 비하인드 스토리 | 〈플러팅·I한테 플러팅당하는 사람〉 편 실제 대본 | 플러팅 후속편

chapter 4

플러팅

<플러팅> 편 메이킹 비하인드 스토리

 규 우선 1편 'I의 플러팅'이 어떻게 나왔지?

 태 맨 처음에 혁준이가 하자 그랬잖아.

 규 아, 진짜 그랬나??

 태 혁준이가 자기가 오늘 기가 막힌 소재 하나 들고 왔다고.

 혁 허허허….

 규 오~

 태 그때 혁준이가 진짜 재밌는 거 생각났다. 이거 소재 했으면 좋겠
다 해가지고.

 규 오, 역시 감이 좋아~

 혁 왜냐면 그때 인터넷에서 I의 플러팅에 관한 짤이나 썰 같은 걸
봤는데 내가 I다 보니까 그게 너무 공감되는 거야.

 규 왜 그게 뭐였는데?

 혁 (웃음) 뭐, I들 최고의 플러팅은 '옷 멋있게 입기', 같은 반일 때
'수업 열심히 듣기' 이런 거.

 규 나 그러면 궁금한 거 있어.

 혁 뭐?

 규 E인 태용 오빠의 플러팅은 뭐야?

태 나? 나는 그냥 대놓고 표현하는 게 '플러팅'이라고 생각하거든?

 혁 오….

 태 그래서 나 맨 처음에 I의 플러팅 찍을 때 '얘들아, 이거 너무 티가 안 나는 거 아니냐?' 이랬잖아.

 규, 혁 (빵 터지는) 아하하학!

 혁 (웃음) 아, 맞아. 그랬었어!

 태 (웃음) 내가 봤을 때 진짜 아예 티가 안 나니까.

 혁 맞아, 그래서 우리 현장에서도 30분 동안인가 촬영 멈추고 회의했지 않나?

 태 나는 연기할 때 어느 정도 수줍어하거나 그런 티를 내야 되지 않나 싶었거든. 제목이 플러팅인데 아예 그런 포인트가 없으니까 이게 느낌이 잘 안 사는 거 같아서.

* 태용이 당황했던 플러팅 중인 I의 표정

규 오빠가 봤을 땐 진짜 무미건조 그 자체였겠네.

태 맞아. 근데 그때 너희가 이건 오히려 보는 사람한테는 아예 티가 안 나는데 자기가 플러팅 했다고 우기는 게 재밌는 포인트 같다고 해서 내가 '오케이 그러면… 그냥 너희 믿고 갈게.' 이랬어.

규 (웃음) 아, 맞아. 저 말 그대로 했었어. 너희 믿고 간다고.

태 그래서 결국 그렇게 믿고 간 다음 'I의 플러팅' 편 조회수를 보고 내가 '아하~!'.

규 (웃음) 아하하학!

태 (웃음) 완전 인정했어. 애들 믿고 가길 잘했다!

규 이 오빠 진짜 계속 걱정했잖아.

태 나는 컷 편집하면서도 그랬어.

혁 (웃음) 아, 진짜요??

태 어. '아… 이게 느낌이 잘 안 사는 거 같은데….' 이러면서.

규 와, 그 정도인데 믿고 넘어간 게 진짜 대단하다, 오빠.

혁 근데 진짜 생각해 보면 그게 우리 팀 장점인 거 같애.

규 어떤 게?

혁 우리가 어쨌든 이 작업을 할 때 고집이 없는 사람들이 아니잖아. 각자 고집들이 다 있는 사람들인데.

규 맞아, 없는 것 같은데 다 고집이 있어.

혁 그래서 자기 의견 굽히고 다른 사람 의견을 따라 주는 게 진짜 쉬운 일이 아닌데. 태용이 형도 그렇고, 규남이도 그렇고, 어쨌든 나머지 두 사람이 맞다고 그러면 그 의견을 잘 믿어 주니까.

태 (웃음) 조회수가 믿음에 보답해 주더라고.

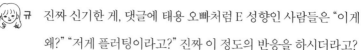

[규남, 혁준 크게 웃는다. 이후 I의 플러팅 편 댓글에 대해 이야기를 이어 간다.]

규 진짜 신기한 게, 댓글에 태용 오빠처럼 E 성향인 사람들은 "이게 왜?" "저게 플러팅이라고?" 진짜 이 정도의 반응을 하시더라고?

혁 어어, 맞아. 그리고 꽤 많았어, 그런 반응이.

태 나 같은 사람들은 진짜 뭐 묻었으면 직접 떼 주거나 '뭐 해?' 연락해서 약속 잡거나 이 정도는 해야 관심 표현이라고 생각하니까.

규 맞아, 그래서 우리가 그 전에 'T의 연애' 짤 때도 그랬지만 반대편 성향을 대변하는 인물을 꼭 넣으려고 하잖아.

혁 그치, 반대 성향 사람들이 봤을 땐 답답할 수 있으니까.

규 그래서 I의 플러팅 때도 처음에 콘셉트 잡기가 되게 힘들었어.

태 아, 맞아. I의 플러팅을 지켜보는 '태용'이가 어떤 역할로 등장할지 엄청 많이 고민했었어.

혁 맨 처음엔 'T의 연애'처럼 혁준, 규남이랑 아예 관련 없는 손님이었을걸?

규 어, 그랬다가 "아무 관련 없는 사람이 애네 플러팅에 왜 관여를 해?" 이래서 여기서 또 막히고.

태 또 태용이가 아예 카페 손님이 아니라 그냥 규남이 친구로 나와서 고민 상담 들어 주는 콘셉트도 있었고.

혁 그래서 회의 시작하고 나서 5, 6시간 지나서 첫 대본 타이핑을 들어갔던 거 같아요.

규 난 그날 주제가 빨리 나와서 회의 빨리 끝날 줄 알았는데.

혁 오히려 진짜 늦게까지 짰던 기억이….

규 나 그래서 그날 저녁에 운동 예약해 놨다가 취소했잖아.

혁 (웃음) 아, 그래??

 태 아니, 그러면 환불 안 되지 않아?

 규 안 되지… 당일 취소는….

 혁 (웃음) I의 플러팅이 나오기까지 내가 모르는 둘의 엄청난 희생
이 있었네.

[태용과 규남 고생했다며 커피로 건배를 한다.]

 태 I의 플러팅 2편은 우리가 비하인드에서 말한 대로 댓글 반응을
보고 만들었지.

 혁 근데 그것도 또 의외로 회의가 엄청 오래 걸렸어.

 규 나 그날도 운동 못 갔어.

 규, 혁 (웃음) 으하하하하!

 규 그래도 예약은 안 했어, 그때는….

 태 어우, 다행이다, 규남아.

 혁 근데 두 사람 다 그렇게 생각했겠지만 플러팅 세계관이 시리즈
로 이어질 거라고는 난 진짜 생각 못 했거든.

 규 맞아, 나도.

 혁 근데 내가 봤을 때 그게 시리즈가 될 수 있었던 이유는 1편 마지
막 대사의 지분이 정말 크지 않나?

 태 아, 정말. 맞아, 진짜!

 혁 "그 말 하는데 1년 걸렸네." 이 대사를 규남이가 짰었단 말이지?

 태 맞아, 맞아.

 규 …….

규, 혁　？

규　아, 그래?

혁　(웃음) 뭐야, 왜 본인이

　　기억을 못 해?

태　(웃음) 규남아 너가 짰어,

　　그거.

그 말 하는데
1년 걸렸네.

*짠 사람은 기억 못 하지만 많은
구독자들이 기억하는 명대사

규　오, 뭐야! 나 기억 못 하고 있었어.

혁　진짜 처음에 회의할 때 그 대사 처음 듣고 태용이 형이랑 나랑

　　입을 막으면서 "어멋…!" 이랬어.

태　맞아, 우리 막 듣고 "와… 진짜 대박이다, 이거!" 이랬어.

규　아, 그랬구나. 나 잘했네?

혁　진짜, 그 대사로 인해서 신입생 콘텐츠 때처럼 사람들이 이 세계

　　관에 확 빠져든 게 아닌가 싶어, 나는.

규　근데 1편을 오히려 너무 재밌게 짜서 그런가 2편 짜기가 진짜

　　힘들었어. 그렇지 않아?

태　맞아. 이게 결말이 정해져 있고, 보여 줄 수 있는 게 한정되어 있

　　다 보니까.

혁　맞아요, 바꿀 수 있는 게 많이 없어서.

태　그래도 2편에서 1편 중간중간 나왔던 요소들을 잘 활용했던 거

　　같애.

혁　어어, 맞아요. 혁준이 '옷 예쁘네?' 이랬을 때 규남이 '다행이다.'

　　이렇게 얘기했던 이유, 폰 보고 규남이 웃은 이유, 이런 걸 잘 풀

　　어서 보여 줬던 거 같아요.

규　우리가….

태, 혁 (규남을 쳐다본다)

규 처음엔 그냥 1편 재밌게 본 분들한테 약간 팬서비스 개념으로 만들기 시작했는데 또 하다 보니 자꾸 욕심이 났어, 우리가.

혁 (웃음) 맞아.

태 (웃음) 맞아. 진짜 써 놓고 계속 다시 보고 다시 또 보고.

규 진짜 특히 고민을 많이 했던 것 같애, 플러팅은.

태 그래서 2편 마지막에 그 회상 장면에 대해서도 우리가 의견이 분분했잖아.

혁 아, 맞아! 내가 회상 장면 있으면 좋겠다고 엄청 밀어붙였지.

규 맞아. 근데 나는 약간 투머치라고 생각해서 안 하면 좋겠다고 했었고.

태 나는 회상은 들어가되 '같이 밥 먹을래?' 후에 회상이 나와야 된다고 했었어.

혁 맞아. 나는 회상이 나오고 '같이 밥 먹을래?'가 나와야 된다고 했었고.

규 와, 진짜 이거는 셋 다 달랐네.

혁 맞아. 완전 갈렸어, 이때.

태 나한테 그때 혁준이가 뭐라 그랬냐면 '귀멸의 칼날'을 예로 들면서.

규 엥? 갑자기?

혁 (웃참)

태 (경상도 사투리를 따라 한다) 형, 봐 봐요! 주인공이 회상 신이 나오고 필살기를 딱 써야지. 필살기를 쓰고 나서 회상 신이 나오면 느낌이 약하잖아요! 뭔 느낌인지 알겠죠?!

규 난 그걸 들어도 무슨 말인지 모르겠어, 지금.

 혁 (멋쩍다) I의 플러팅 혁준이한테는 '같이 밥 먹을래'가 필살기거든….

 태 그렇게 듣고 나서 이제 나는 "오케이, 너 생각대로 가자." 이랬어.

 규 나는 끝까지 "아, 잘 모르겠는데…."

 태 (데프콘 따라 하며) 아, 난 좀 반댄데?

 규 어, 진짜 난 좀 반댄데 상태였는데 그냥 진짜 믿고 갔어, 나도.

 혁 고마워, 둘 다.

 규 아냐, 왜냐면 그때 이거 조회수 잘 안 나오면 오빠가 뭐 사 준다 그랬어.

 태 (웃음) 아, 맞아, 맞아!!

 혁 (웃음) 맞아, 둘이 필요한 거 내가 하나씩 사 준다 그랬지…?

 규 근데 I의 플러팅 2편이 그때 인급동 꽤 높게 찍었지 않나?

 태 그때 2위였을 거야.

 혁 후~ 다행이지. 진짜 큰소리 땅땅 쳐 놨는데….

[혁준 그 말을 끝으로 말이 없어지고 규남이 회상 신 중이냐며 묻는다. 박수 치며 웃는 세 사람]

 규 자, 이제 3편, E의 플러팅.

 태 아, 이거 생각나는 비하인드 하나 있는데 그날 촬영장에 게스트로 금비 씨가 왔잖아. 근데 내가 예전에 촬영할 때 만났는지 연극할 때 만났는지 뭔가 낯이 익은 거야.

 혁 아아, 맞아. 어디서 본 거 같다고.

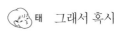 태 그래서 혹시 작품 어떤 거 어떤 거 하셨어요. 막 물어보고 아, 어디서 봤지? 이러고 있는데, 규남이가 갑자기….

 혁 뭐랬는데요?

 태 "밥집에서 본 거 아냐?"

 혁 (웃음) 으하하하학!

 규 (웃음) 아니, 오빠가 먹는 걸 좋아하니까….

 태 (웃음) 밥집에서가 웬 말이니, 규남아.

 규 아니, 겹치는 게 전혀 없더라고. 옆에서 듣고 있는데.

 혁 진짜여도 웃겼겠다. '어? 그때 기사식당! 반찬 리필 많이 하셨지 않아요?'

 태 (웃음) 어! 어묵조림 계속 드시던 분!

[태용과 혁준만 신나서 계속 상황극 이어 가고 규남, 나지막이 "어우, 당 떨어진다." 읊조린다.]

 혁 E의 플러팅 짤 때는 진짜 태용이 형이 툭툭 잘 던져서 대본 작업은 빨리 끝났던 거 같은데?

 규 오히려 현장에서 힘들어했어, 이 오빠.

 태 (쑥스) 내가 아직 로맨스 연기를 많이 안 해 봐서 좀 어색해 해, 그런걸.

 혁 근데 또 처음에 막상 한두 컷 찍으니까 그담엔 알아서 잘 했어, 그지?

 규 맞아, 댓글에 마지막에 우리 쪽 보고 찡긋하는 거 멋지다는 댓글 많던데.

*관광객들에게 찡긋하는 쿼카

 태　어, 그래서 좀 기분 좋았어.

 규　(웃음) 아하학, 기분 좋았대.

 혁　예전에 이상형 편에서도 마지막에 태용이 형이 비슷한 표정했는데, 그때도 댓글에 반응 좋았잖아요.

*고백 후 찡긋하는 태용

 규　아, 그리고 E의 플러팅도 처음에 쓰다가 대본을 한 번 엎지 않았나?

 태　맞어, 맞어. 한 번 다시 썼을 거야.

 혁　어, 그거 예전 대본 찾아보면 있을 텐데.

•

•

•

•

플러팅 – E의 플러팅 (수정 전 초기 대본)

카페에 있는 혁준 규남 태용

혁준, 규남 어떡해, 어떡해~!!

태용 아니, 뭐 아직 사귀는 것도 아닌데, 왜 이래ㅋㅋㅋ

혁준 아니, 그래도 니가 좋아하는 사람이 생긴 거잖아.

규남 그니까. 잘됐다.

태용 조금 있다가 스터디 하러 여기로 올 거야.

혁준 헉, 몇 명 오는데?

태용 오늘 다른 사람들 일 있어서 그 사람만 와.

혁준, 규남 꺄아아아~~~

태용 근데 단둘이 만나는 건 처음이야.

규남 태용 씨, 그때가 기회예요.

혁준 맞아, 둘이 있을 때 뭐든 해야 돼.

규남 1년 걸려서??

혁준 아…!

태용 ㅋㅋㅋㅋㅋ암튼 나중에 오면 나한테 관심 있는지 한번 봐 줘요.

규남 알겠어요ㅎㅎ

혁준 우리가 니 알은 척 안 하고 진짜 티 안 나게 볼게.

태용 ㅋㅋㅋ그러든가. (폰 보고) 어, 거의 다 왔다네.

규남 허업!

혁준 야, 파이팅!

태용 ㅋㅋㅋ그래, 파이팅! (간다)

혁준 규남 둘

규남 아, 너무 설레겠다.

혁준 내가 다 긴장돼.

규남 오빠는 나 처음 봤을 때 어땠어?

혁준 나? 그냥 너무 떨려서 말도 제대로 못 했지.

규남 ㅋㅋㅋ 맞아. "이쪼… 이쪽에 앉으시면 됩니다."

혁준 하지 마ㅋㅋㅋ

규남 막 땀 이렇게 닦으면서ㅋㅋㅋㅋ

여성분 들어온다.

규남 어서 오시… 오세… 오세요.

혁준 큼, 어서 오세요.

여성분 안녕하세요. (태용 발견 후 웃으며 간다.)

규남 헉, 방금 웃었어, 웃었어.

혁준 어떡해~~

태용 자리로 간 여성분

여성분 안녕하세요~

태용 어? 오늘 되게 예쁘게 하고 오셨네요.

혁준 규남

혁준, 규남 ?

여성분 아, 감사해요… 음료 시키셨어
　　　　요?

태용 ○○씨 밀크티 좋아해서 그거로
　　　　시켜 놨어요.

여성분 사람들 많다가 둘만 있으니까 이
　　　　상하네요.

태용 저는 둘이 있으니까 좋은데요?

여성분 아…ㅋ

혁준 규남

혁준, 규남 ????

혁준 저거 맞아…?

규남 저러면 여자가 너무 부담스러워
　　　　할 거 같은데?

혁준 쟤 혼자 너무 앞서 나가는 거 같애.

규남 안 돼, 안 돼. 오빠 전화로 말려.

혁준 어어. (전화 건다)

태용 ?? (핸드폰 확인하고 혁준 본다)

혁준 (핸드폰 들고 태용 보고 있다)

태용 …여보세요?

혁준 어어… 그 메뉴가 아이스 아메리
　　　　카노랑 밀크티 맞나?

태용 어, 맞아.

혁준 그 지금 너무 메뉴 준비가 빠른 것
　　　　같은데 괜찮나??

태용 뭐라고?

혁준 아니, 너무 빨라서 밀크티가 부담
　　　　을 느낄 수가 있다고.

태용 뭐래는 거여. (끊는다)

규남 뭐래?

혁준 못 알아들어….

규남 너무 돌려 말했나 봐….

태용 여성분

여성분 누구예요?

태용 아, 친구예요. 신경 쓰지 마세요.

여성분 아, 네. 저희 오답 노트부터 볼까
　　　　요?

태용 아, 네네.

음료 만들며 시선은 태용 쪽 보는 둘

규남 후… 그래도 이제 스터디 시작했네.

혁준 오답노트 보면서 급발진 할 건 없
　　　　지?

규남 없어, 없어, 괜찮아.

태용 근데 진짜 글씨를 잘 쓰신다.

여성분 아, 저요? 감사해요ㅎㅎ

태용 원래 예쁜 사람들이 글씨도 잘…

혁준 (급하게 들어오며) 음료 나왔습니
　　　　다!

태용 어우, 깜짝이야!

혁준 (태용 보고) 밀크티 같은 경우에는
　　　　아주 천천히 천천히 저어서 드시
　　　　면 됩니다.

태용 …밀크티 저쪽인데요.

혁준 네에, 맛있게 드세요. (무시하고 간
　　　　다)

여성분 잘 마실게요.

태용 아, 네네, 천천히 저어서 드세요.

여성분 근데 태용 씨는 진짜 설명을 잘
　　　　해 주시네요.

태용 아, 아니에요.

여성분 진짜 토익 학원 쌤들보다 더 잘
　　　　알려 주시는 거 같아요.

태용 저랑 있으니까 좋죠?

여성분 네??

규남 (급하게) 케이크 나왔습니다!

태용 ??

여성분 저희 케이크 안 시켰는데?

규남 제 생일이라 서비스로 드리고 있

어요.

여성분 아, 정말요? 축하드려요ㅎㅎㅎ

(박수)

태용 축하드려요:; (박수)

규남 감사합니다, 맛있게 드세요. (간

다)

 혁 (웃음) 여기까지 적고 엎었네.

 태 와, 대박! 이게 남아 있네?

 규 근데 지금 보니까 전에 거가 더 웃긴 거 같기도 하네?

 혁 보니까 거의 비슷한데, 영상으로 올라간 대본이랑 비교해 보면 혁준, 규남 캐릭터가 이때는 약간 더 세네.

 태 그러게. 이때는 표현 같은 게 좀 더 세다.

 규 그리고 뭔가 적극적이야. 말리는 게.

 혁 (웃음) 맞아. 전화를 아예 걸어서 말리고 그러네.

 태 아마 그래서 그때도 저런 부분들이 과하다고 느껴져서 우리가 대본을 전면 수정했을 거야.

 규 결국 좀 더 소심하게 말리는 걸로 바뀌어서 두 커플이 비교도 더 되고.

 태 맞아. 전체적으로 좀 더 귀여운 영상이 된 것 같은? 느낌이네.

 혁 여기에 그것도 없네, 그거 웃긴데.

 규 어떤 거?

 혁 규남이가 멀리서 "커피 나왔습니다!" 이러고 가서 태용이가 "커피 어딨어요?" 이러면 "아직 안 나왔어요." 이러는 거.

태 (웃음) 내가 "그럼 왜 불렀어요?"

이러잖아. 맞아, 그거 웃겨.

 혁 원래는 그게 없었구나.

 규 혁준 오빠 그거 있잖아. 영상에

서 "서비스로 드리고 있습니

다." 하는 거 원래 NG 난 건

데 그대로 썼잖아.

*커피는 없지만 할 말은 있는 규남

 태 (웃음) 아아~ 막 "서비스로스로 드리고 있습니다." 하는 거.

 혁 …근데 내가 그거 비밀 하나 말해 줄까?

 규 뭐?

 혁 그거 영상 보고 내 친구들이 "야, 니 말 저는 거 너무 리얼하던데

그거 실제로 말 절은 거 아니야?" 물어보더라고.

 규, 태 (경청)

 혁 근데 내가 연기 잘하는 척하고 싶어가지고 "야~ 그거 다 일부러

한 거지~" 이랬어.

 규, 태 (크게 웃음) 아하하

하하!!!

 혁 "야, 다 계산해서 한 거지~"

막 이랬어.

태 (웃음) 아, 진짜 웃기네, 아하하학!　*NG 사실을 필사적으로 피하려는
혁준의 표정

[이후 혁준은 그때의 대사를 다시 해 본다. 하지만 그때처럼 자연스럽게 살리

지 못한다. 혁준은 친구들이 책에서 이 대목을 읽으면 정말 부끄러울 것 같다고

한다.]

태 이제 마지막 편 'E와 I의 더블데이트'.

혁 이것도 처음에 막 펜션 같은 데 같이 놀러 가는 그림도 생각했었는데.

규 맞아, 그래서 혁준이한테 옆방 가서 소금 좀 빌려 오라고 그랬는데 못 빌려서 소금 사러 읍내까지 갔다 오고 그런 얘기했었어.

태 (웃음) 아, 맞아. 밤에 혁준이 혼자 핸드폰 플래시 켜 가지고 소금 사러 간다고.

혁 결국 여러 아이디어를 거쳐 혁준, 규남이 일하는 카페에서 만나는 걸로.

규 아, 맞아. 근데 은근히 책상 밑으로 사진 찍는 거 공감하는 사람 많더라.

태 어어, 맞아 맞아.

혁 그리고 소리 안 나게 하려고 라이브 포토로 찍는 거 공감하는 사람 많았어.

규 아, 맞아. 그 얘기 되게 많았어.

혁 근데 내가 진짜 실제로 밖에서 사진 찍을 일 있으면 찰칵 소리 안 나게 하려고 라이브 켜서 찍거든.

태 아, 진짜 실제로?

혁 저는 밖에서 제가 사진 찍힐 때도 그렇고 제가 찍을 때도 그렇고 진짜 밀랍 인형처럼 굳어 버려요, 사람이.

규 아, 민망해서?

혁 어, 사진이랑 내가 좀 안 친한 거 같애.

규 태용 오빠도 그래?

태 근데 그건 나도 조금 그래.

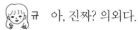 규　아, 진짜? 의외다.

태　그래서 나는 규남이가 밖에서 막 자연스럽게 사진 잘 찍는 거 보면 진짜 대단하다고 생각해.

혁　맞아, 진짜 공감.

태　나는 예를 들어서 데이트할 때도 상대방이 "저기 서 봐, 사진 찍어 줄게." 하면 괜찮다고 하고 그냥 안 찍어.

혁　(웃음) 아, 맞아 맞아. "난 괜찮아." 이러고 안 찍게 돼.

규　나도 원래 그런 걸 잘 못했거든? 근데 친구들 만날 때 조금씩 찍다 보니까 이제야 좀 익숙해진 거 같애.

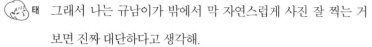

[바로 핸드폰을 꺼내 규남을 찍는 혁준 태용, "멋있다, 예쁘다, 귀엽다." 연발하며 한참 찍던 중 포즈 취하던 규남이 "됐어, 이제 그만해." 하며 쑥스러워 한다.]

태　우리가 이 더블데이트 편에서 그 부분을 좀 신경을 썼잖아. 어디 한쪽이 특이하다 이런 게 아니라 '서로 애정 표현의 방법이 다르다'를 보여 주자.

혁　맞아요, 그래서 저희가 두 커플 사이 밸런스를 맞추는 데 신경을 많이 썼어요.

규　그래서 "서로 이해하면서 잘 노는 모습이 보기 좋다." 이런 댓글 봤을 때 기분이 좋았어.

태　맞아. 두 커플의 매력을 다 잘 보여 준 거 같아서 나도 만족했어.

규　댓글 중에 그런 말도 있던데 "I 커플은 불편한 자리면 애초에 참석을 안 한다.".

혁　아, 맞아, 맞아. 그 말이 진짜 공감됐던 게, 나 아는 커플 중에 둘

다 완전 I 커플이 있거든?

어디 사람 많은 자리에 있으면 둘이서만 소곤소곤 대화하고 막

그래.

 태　근데 재밌어하는 중이야?

 혁　네. "혹시 불편한 거 없어?" 이렇게 물어보면 "왜? 우리 지금 되

게 재밌어." 진짜 이래요.

 규　(웃음) 귀여워.

 태　(웃음) 그니까. 신기하다, 진짜.

[규남과 태용, 혁준에게 실제로 펜션 옆방에 가서 소금을 빌려 올 수 있냐고 물

어본다. 혁준, 아마 알겠다고 하고 나가서 바로 핸드폰으로 근처 편의점을 찾아

볼 것 같다고 대답한다.]

 태　자, 플러팅 시리즈를 한마디로 정리하자면 어떻게 될까?

 규　음, 진짜 특히 대본을 고생해서 짰던 콘텐츠?

 혁　맞아. 제일 짜기 힘든데 만들고 나서 댓글로 제일 힘을 얻었던

콘텐츠.

 태　그러면 한마디로 '고진감래'가 아닐까?

 혁　오~ 좋네요. 약간 플러팅 편 내용도 고생 끝에 잘되는 그런 내

용이니까.

 태　진짜, 난 이 콘텐츠만큼 현장에서까지 회의를 해 가며 얘기를 많

이 했던 콘텐츠가 없었던 거 같애.

 혁　맞아요, 지금 네 편 동안의 고생이 뭔가 주마등처럼 지나가.

 태　회상 신이야?

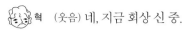 혁　(웃음) 네, 지금 회상 신 중.

태　(웃음) 하하하학!

혁　그럼 규남이의 한마디는?

규　'이거 짜는 데 겁나 걸렸네.'.

혁, 태　(웃음) 우와아하하!

규　이거는 내가 사자성어 책처럼 한번 요약을 해 볼게.

태　오, 괜찮은데?

플러팅 콘텐츠는
'고진감래(*苦盡甘來)'다.

*苦盡甘來 : 고생해서 열심히 만든 만큼 구독자들이 좋아해 준 콘텐츠라는 뜻

<플러팅·I한테 플러팅 당하는 사람> 편 실제 대본

#카페 앞 통화하는 규남

규남   아니, 이 오빠가 "오늘 사람 많아?" 이런 선톡을 보내긴 하거든?

친구off   아, 그거 애매하다.

규남   그치? 나도 애매해.

친구off   티가 너무 안 난다, 야ㅋㅋㅋ

규남   그래서 그냥 오늘 얘기 안 하면 내가 얘기할라고.

친구off   헐, 대박! 진짜?

규남   어. 야, 나 오늘 잘 보이려고 그때 산 옷 안 말랐는데 드라이기로
           말려서 입고 왔어.

친구off   야, 대박. 잘됐으면 좋겠다.

규남   ㅋㅋ암튼 나중에 후기 알려 줄게.

친구off   오키~~ 파이팅~~

규남   (전화 끊고 들어간다)

TMI) 플러팅 1편에서 "잘 어울린다" → "다행이다"라던
답한 이유를 친구와의 대화로 설명.

규남 들어온다.

규남 pov - 혁준/태용 어떤 걸로 드릴까요, 아이스 라떼 주세요.

규남 자리로 가서 앞치마 매려고 한다.

규남 pov - 태용 매의 눈으로 규남 쳐다보고 있다.

규남 앞치마 매면서 태용 본다.

TMI) 규남은 태용을 알지만, 태용은 규남을 모른다는
설정을 주기 위한 대사

규남   저 사람 혁준 오빠 친구 아닌가? 혁준 오빠 인스타에서 본 거 같

은데.

혁준off   아메리카노 준비해 드리겠습니다!

태용off   라떼 라떼.

혁준off   라떼~!!

규남   (앞머리 정리하다가 재빨리 행주 들고 냄새 맡는다) 큼큼!

혁준   (들어온다)

TMI 플러팅 1편에서 왜 규남이가 행주 냄새를 알냐고 물어보는 댓글이 많았는데 대화해서 맡는 연기로 바꾼 규남. 🐰

규남   오빠, 안녕하세요.

혁준   어, 안녕.

규남   메뉴 뭐예요?

혁준   라떼. 내가 할게.

규남   아, 네. (뒤로 돈다)

혁준   어, 너 앞치마 풀렸다.

규남   아, 감사해요.

혁준   어, 나 잠시만. (행주 들고 나감)

규남   ???

규남 pov - 혁준 걸레질하는 척하며 태용과 대화하는 모습

혁준   야, 어때 좋아하는 거 같애?

규남 얼굴

규남   잉??

TMI 플러팅 1편에서 구독자 분들이 "다 들릴것 같다"라고 말해서 진짜 들리다는 설정으로 가져옴 🐰

혁준off   나 지금 완전 티 난 거 같애. 아, 미치겠다, 진짜.

태용off	너 뭐 했어?
규남	지금 내 얘기하는 거야??
혁준off	앞치마 풀렸다고 관심 표현!
규남	와…ㅋ 나 좋아하는 거 맞았구나.

규남 pov - 태용 단독

태용off	야, 딱 보고 "너 오늘 좀 예쁜 거 같아." 이 정도는 해야 되는 거 아니야?

규남 얼굴

태용off	야, 그 정도는 해야 내가 저 사람 반응을 보지!
규남	뭐야, 지금 내 반응 보려고 친구 데려온 거야??
혁준off	그건 고백할 때 하는 말이지.
규남	하… 귀여워 죽겠네.
태용off	야, 됐고 빨리 가! 라떼나 가져와!
규남	(지켜보다가 돌아서 일하는 척한다)
혁준	(들어온다)
규남	(일한다)
혁준	어, 너 옷 이쁘다.
규남	어? 진짜요?
혁준	어, 되게 잘 어울리네.
규남	다행이다.

TMI 태용이 그려려서 못본 대사.

TMI 1편에서도 규남이 혁준에게 관심이 있다는 걸 보여 주고 싶어서 넣은 대사 (약간의 복선 ♡)

오른 다행이다

혁준	잠깐만. (나감)
규남	말리길 잘했네 ㅋ

\# 규남 pov - 태용 옆에 쭈그려 앉은 혁준

혁준	와, 이거 백퍼 티 났어. 어떡해?
태용	왜 자꾸 와!!

규남	이게 티 났다고 하니까 여태껏 내가 모르지…ㅋ
태용off	진짜 너 아무것도 안 했어. 한 번만 더 오면 너 진짜 죽어 버린다, 알았어?
규남	아, 다 들려. 어떻게 반응해야 돼….
태용off	빨리 가. 좀. 라떼 언제 나와.
규남	(다시 일하는 척)

\# 규남 옆 혁준 들어간다.

규남	(머신 청소 중)
혁준	(간다) 머신 청소했어?
규남	아, 네ㅎㅎ
혁준	어, 깨끗하게 잘 했네, 고생했어.
규남	네.
혁준	응. (태용 쪽으로 슬쩍 고개 돌린다)
규남	(혁준 힐끔 본다)

혁준	(작게) 칭찬! 칭찬한 거야!
규남	(ㅋㅋ칭찬은 플러팅이랑 달라요, 오빠….)
혁준	하….
규남	(바쁘네, 바빠.) 라떼 제가 할게요.
혁준	아! 어, 고마워.
규남	(라떼 하고 있고)
혁준	(혁준, 규남 보고 있다)
규남	(라떼 하다가 혁준 본다)
혁준	(눈 마주치다가 응? 하는 웃음)
규남	(응? 하고 시선 뺌)
혁준	허억. (하면서 고개 돌린다)
규남	(혁준 보고) (이게 헉 할 일이야? 아, 진짜 귀엽네….)
혁준	(태용 보고) 하….
규남	(웃음 잡고) 오빠, 라떼 제가 가져다 드릴까요?
혁준	아, 아냐, 아냐. 내가 갖다 드릴게.
규남	네. (잔 내려놓음)
혁준	잠깐만.
규남	?
혁준	(손 뻗고)
규남	…….
혁준	여기 머리카락 붙었다.
규남	아, 감사해요.
혁준	아ㅎ (태용 본다)
규남	(와, 훅 들어와서 깜짝 놀랐네….)

혁준은 규남의 귀네나옷을 가리키며
(TMI) 머리카락이 붙었다고 말했다 ;;
[댓글반응 ⇨ 거긴 원래 머리카락이 나는 곳인데요…?)

| 혁준 | (태용 쪽 보며) 왜! 왜! |

| 규남 | *나 얼굴 빨개진 거 아냐?* |

| 혁준 | (태용 쪽 보며) 아니… 하…. |

| 규남 | *(아씨, 내가 가야겠다.)* 오빠, 라떼 제가 가져다 드릴까요? |

| 혁준 | 어? 아냐, 아냐. 내… 내가 지금 갖다 드릴게. |

| 규남 | 네. (얼굴 만지며 부채질) |

규남 pov – 태용 옆 라떼 갖다준 혁준

| 태용 | 야, 머리카락을 떼 줬어야지! 그래야 인정인데, 너는. |

규남 얼굴

| 태용off | 너는 아무것도 안 했어. |

| 규남 | (얼굴 만지며) 뭘 아무것도 안 해. 얼굴 터지겠구만. |

규남 pov – 태용

| 태용 | 가서, 오늘 끝나고 밥 먹자, 그래. |

규남

| 혁준off | 아니, 그렇게 말하면 티가 나니까 그렇지! |

| 규남 | 티는 나야지. 이 오빠야… 무슨 암살하냐? |

TMI) 1편 플러팅 댓글에 가장 많이 달린
"암살하렷 끝다"를 대사로 가져옴 ♡

태용off	야, 티가 나야지!
규남	하, 이건 안 되겠다. (핸드폰 들고)
	(야, 나 그냥 오늘 내가 먼저 밥 먹자고 하려고) (쓰고 웃는다)
혁준	(들어온다)
규남	흠….
혁준	(규남 쳐다봄)
규남	(혁준 쳐다봄)
혁준	(시선 피하며) 크흠…!
규남	(다시 폰 본다) (내가 얘기 해야겠다.)
혁준	그… 혹시 저녁에 뭐 해?
규남	?
혁준	…괜찮으면 같이 밥 먹을래?
규남	(혁준 쳐다보고, 규남 쭈욱 디지털 줌 들어가다 혁준 목소리 깔림)
혁준 o.v.	그… 혹시….

TMI 플러팅 1편에서 규남은 웃긴 릴스를 보고 웃는 연기였지만 2편에서는 진짜 카톡 중이라는 이유를 만들었다.
(1편에서 웃길 잘했다고 생각.)

TMI 1편과 똑같은 행동과 똑같은 말투로 연기하려고 계속해서 확인하면서 연기했지만 놓친 부분., 풀 케이스 댓글 보고 깨져서 버린 풀케이스를 떠올렸다.

아무것도 모르는 규남

테이블 치우던 둘 – 다른 의상 (회상)

규남	네?
혁준	혹시 주말에 뭐 해?
규남	어? 저 뭐 안 해요.
혁준	아…!
규남	?
혁준	…주말 잘 보내! (다급하게 간다)

규남   …….

다른 곳 – 다른 의상 (회상)

규남   오빠.

혁준   어?

규남   혹시 오늘 마치고 뭐 해요?

혁준   아, 나 오늘 부산 내려가!

규남   아…ㅎ

혁준   어, 왜?

규남   아, 아니에요. 잘 다녀오세요!

TMI 1년의 회상을 보여주기 위해
혁준과 규남은 한여름에 겨울옷을 입었다.
혁준은 패딩입고 땀을 계속 흘림.

더워…

다른 곳 – 다른 의상

혁준   규남아…!

규남   네?

혁준   그 혹시… 끝나고 밥….

규남   ?

혁준   끝나고 밥 맛있게 먹어!! (호다닥 간다)

규남   …….

그 말 하는데
1년 걸렸네ㅎ

??？

현실 혁준 규남

혁준   …….

규남   (고개 숙이고 웃으며) 그 말 하는데 1년 걸렸네.

혁준   (규남 처다본다)

규남   (추억을 회상하며 웃다가 혁준 쪽 처다보며 ㅎㅎ)

끝   TMI 1편에서 앉은 분들이 좋아해 주신
      태용의 격한 돌려대 장면
      (& 실제로 이모티콘 짤로 만들어짐)

다른 버전 엔딩 - 회상 x   TMI 회상 신을 두고 의견이 분분했는데
                          혁준의 확신에 찬 주장으로
                          태용과 규남은 회상 신을 넣기로 했다.

혁준   (들어온다)

규남   흠….

혁준   (규남 처다봄)

규남   (혁준 처다봄)

혁준   (시선 피하며) 크흠…!

규남   (다시 폰 본다) …….

혁준   (안절부절) …….

규남   (그냥 내가 얘기 해야겠다.)

혁준   그 혹시……… 저녁에 뭐 해?

규남   …….

       (규남 쭈욱 줌 들어가다)

혁준   …괜찮으면 같이 밥 먹을래?

TMI 추가된 엔딩 신   친구와의 통화

회상 신 or 친구와의 통화
둘 중에 선택하려다가 둘 다 추가된 엔딩
앉은 분들이 마지막 친구와의 통화를
많이 좋아해 주셔서 다행이라고 생각함 ㅎㅎ

"나 남자 친구랑 있어~"
"꺄아아아악!!!"

플러팅 후속편

< 만약 규남이가 외향적이었다면 >

태용 야, 내가 한 번 볼게. 가서 플러팅 해 봐.

혁준 어….

혁준 저기, 규남아.

규남 오빠는 왜 밥 먹자고 안 해요??

혁준 어????

규남 아니, 같이 일한 지가 1년짼데 밥을 한 번도 같이 안 먹 었어요, 우리.

혁준 어… 그… 그럴….

규남 오늘 밥 먹읍시다, 끝나고!

혁준 어… 으… 음…. (태용 본다)

태용 ?????

< 만약 금비가 태용에게 관심이 없었다면 >

태용 아~ 썸은 아니고 내가 좋아하는 사람.

혁준 힐 힐!!

규남 헙!!

태용	저희 아아랑 밀크티 이렇게 주세요~
규남	음료 나갈 사람 띱!
혁준	띱!!
규남	내가 더 빨랐다~~
혁준	아~

금비, 가게로 들어오는데

금비	(전화하며 들어온다) 아, 어… 오늘 둘이야. 하… 나한테 고백할 거 같애, 하….
혁준,규남	??
금비	아… 자꾸 카톡 와… 아…!! 일단 최대한 빨리 끝내고 친구 보러 간다고 할게. 나중에 내가 카톡하면 나한테 전화 한 번만 해 줘.

혁준, 규남 표정 굳어 있고 금비, 태용 쪽으로 간다.

금비	안녕하세요~
태용	아, 오셨어요~? 오늘 예쁘게 하고 오셨네요?
금비	(작게) 하….
태용	저는 둘이 만나니까 너무 좋은데요~? 헤헤.
금비	아, 네, 잠시만요. (자리에서 일어나서 카운터로 간다)

카운터에 오는 금비

규남	혹시… 뭐, 필요하신 거 있으세요?

금비 아니요… 그냥 안정이 필요해요… 잠시만… 있다가 갈

게요… 후….

태용 (아무것도 모르고 히히 웃고 있다)

< 만약 금비가 I 커플의 속셈을 알았다면 >

태용을 말리려 급하게 케이크를 내려놓는 혁준

혁준 (힐레벌떡) 케이크 나왔습니다!!!

태용 저희 케이크 받았는데요?

혁준 저도 오늘 생일이라서 케이크를 서비스로 드리고 있습

니다!

금비 두 분 생일이 같으신 거예요?

혁준 네, 저희도 그래서 항상 놀랍습니다.

규남 고깔모자 쓰고 혼자 박수 치고 있다.

규남 와아~

금비 우와~ 그럼 두 분 민증 한 번만 보여 주시면 안 돼요?

혁준 네??????

금비 제가 너무 신기해서요~ 그죠, 태용 씨. 신기하죠?

태용 아, 네. 진짜 신기하긴 하네요.

혁준 …….

금비 아니면 생일 파티 같이했던 사진 보여 줄 수 있어요~?

혁준	어… 음….
금비	아, 그럼 카톡 친추 해 볼게요! 생일 두 분 다 뜰 텐데!
혁준	어… 그… 그러니까… 잠시만요.
금비	(혁준 뒷덜미 낚아 채서 귀에 대고) 지금 분위기 좋으니까 초 치지 마세요….
혁준	어… 네… 알겠습니다…!
태용	????

< 만약 규남이가 약속이 있었다면 >

안절부절못하며 눈치를 보던 혁준

혁준	저기…!
규남	?
혁준	오늘 마치고 뭐 해? 같이 밥 먹을래?

멀리서 지켜보는 태용

태용	그렇지.
규남	헐~ 저 끝나고 친구들이랑 저녁 약속 있는데….
혁준	아…!
규남	죄송해요, 오빠.
혁준	아냐 아냐, 괜찮아! 신경 쓰지 마!

-10분 뒤, 규남이 퇴근한 카페

대성통곡하는 혁준, 위로해 주는 태용

혁준	으허허어엉ㄱ…!! 니 때문이잖아!! 니가! 으흐흑!
태용	약속이 진짜 있었을 거야….
혁준	나 카페 그만둘 거야. 으으흐흑…!
태용	……니가 사장이잖아.

< '그 말 하는데 1년 걸렸네' 그 이후 >

밥을 먹고 규남 집 쪽으로 데려다주고 있는 혁준

규남	(걷고 있다)
혁준	(눈치 보는 중) …….
규남	할 말 있어요?
혁준	어…? 아, 아니, 아니!
규남	그래요? (걷는다)
혁준	저…!
규남	?
혁준	어… 그니까… 이 말은 내가 더 늦어지기 전에 꼭 하고 싶… 콜록!! 콜록!!
	(긴장해서 사레들린 혁준)
규남	왜요, 뭔데요?
혁준	어… 으… 오늘부터… 1일… 아, 아니고 이거 아니고.
규남	(빤히 쳐다보는 중)
혁준	어… 나 너 좋아ㅎ… 콜록…!! 콜록!!!

규남	(웃는다)
혁준	우리… 사… 사귈….

그때 규남 핸드폰 전화 온다.

규남	어? 잠시만요.
혁준	(안타까운) 어…! 아으…!!
규남	여보세요?
친구off	야야, 어떻게 됐어? 얘기했어??
규남	나중에 전화할게.
	(혁준 보고) 나 지금 남자 친구랑 있어.
친구off	뭐?!?! 꺄아아아앙악!!!!!!!
규남	(전화 끊는다)
혁준	……ㅇㅇㅇ (표정)
규남	(씨익)
혁준	……ㅇㅇㅇ
규남	내일 봐요. (간다)

규남 가는 뒷모습 바라보던 혁준

| 혁준 | ……. |

혁준 핸드폰 꺼내서 연락처 '김규남'을 '여자 친구'로 바꾼다.

| 혁준 | 이야아아아아아!!!!!!!! |

Deep

〈야식〉편 메이킹 비하인드 스토리 | 〈다이어트·진짜 하자〉편 실제 대본 | 야식 후속편

chapter 5

야식

\<야식\> 편 메이킹 비하인드 스토리

태   '야식 1편' 짰던 날도 우리가 대본이 진짜 안 나오던 날이었을 거야.

혁   뒷이야기를 쓰다 보면 항상 그렇네. 매번 대본이 안 나오던 날이었네.

규   그냥 항상 잘 안 나와서 그런 게 아닐까.

태   (웃음) 하긴 대본이 처음부터 잘 나왔던 건 진짜 손에 꼽는 거 같다.

규   야식도 한창 회의하는데 뭐 하지 뭐 하지 하다가 혁준 오빠가 갑자기 하자고 그랬잖아.

태   박수 한번 치자.

혁   ?

규   (박수친다) 대단하다!

태 (박수친다) 대단해! 봉중기!

[*태용은 혁준이 대본을 잘 짜는 날 봉중기(봉준호+송중기)라고 부른다. 혁준은 그 말에 한 번도 리액션을 하지 않았지만 태용은 꿋꿋하게 계속 그 별명을 부르는 중이다.]

혁 참 쑥스럽네요.

태 저 때 그냥 혁준이가 그냥 친구 세 명이 "야식 먹지 말자, 먹지 말자!" 하다가 모여서 먹고 그다음 날도 "먹지 말자!" 하다가 또 못 참고 모여서 먹고 이렇게 하면 사람들이 공감할 거 같아요 해가지고.

규 맞아. 그렇게 시작된 야식 영상이 지금 조회수 1위 아닌가?

태 그치. '연애 몰아 보기' 제외하고 1위!

혁 와! 490만이 넘었네?

규 사람들이 엄청 공감했잖아.

혁 저거를 생각했던 당시에 내가 실제로 야식을 진짜 많이 먹던 시기였어.

태 같이 사는 친구랑?

혁 네. 맨날 둘이 밤에 뭐 안 시킬 것처럼 하다가 한 명이 슬쩍 옆으로 가서 '아이 참… 속이 적적하네….' 이렇게 운을 떼거든.

규 (공감하는) 어휴….

혁 그럼 다른 한 명이 "아, 오늘은 진짜 안 먹어." 하다가 30분 뒤에 진짜 영상에 나오는 것처럼 야식을 막 접시에 머리 박고 먹고 있어.

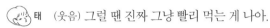 태 (웃음) 그럴 땐 진짜 그냥 빨리 먹는 게 나아.

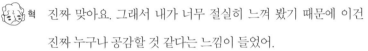 혁 진짜 맞아요. 그래서 내가 너무 절실히 느껴 봤기 때문에 이건 진짜 누구나 공감할 것 같다는 느낌이 들었어.

규, 태 으음~

혁 먹을 때 정말 행복했어….

규 그래서 그런가? 야식 콘텐츠 영상 보면 혁준 오빠 막 먹으면서 헛웃음 치잖아.

혁 그거 진짜 완전 경험에서 나온 찐 리액션이지.

규 그리고 우리가 항상 야식 콘텐츠 찍을 때는 거의 전날부터 굶고 와서 찍으니까.

태 그래서 항상 제일 첫 번째 음식을 제일 맛있게 먹은 거 같애.

혁 1편에 라면, 2편에 한강라면, 3편에 엽떡?

규 엽떡 진짜 맛있었는데.

태 우리 그때 엽떡으로 썸네일 찍기로 해 놓고선 까먹고 다 먹어 버려서 다시 시켰잖아.

*촬영 때 다 먹어 버려서 다시 시킨 썸네일용 엽떡

혁   (웃음) 진짜 그 일화 너무 찐 먹깨비들 같아요.

규   나 그때… 썸네일 찍고 남은 엽떡 들고 갔잖아.

태   어, 맞아 맞아.

규   그거 다음 날 바로 한 통 다 먹었어….

혁, 태   (빵 터지는) 으하하하하학!!

규   나 진짜 먹고 빈 포장 용기를 한참 바라봤어. '나 이거 다 먹었
네….' 하면서….

혁   그 이야기 생각난다. 태용이 형 예전에….

규   뭐?

혁   우리가 그날 회의를 좀 오래 했는데 끝나니까 자기 몸이 좀 안
좋은 거 같다고 막 그랬어.

규   어어, 그래서?

혁   그래서 다음 날 전화해서 '형 몸은 좀 괜찮아요? 뭐라도 좀 챙겨
먹었어요?' 하니까 자기 어제 엽떡 한 통 다 먹고 잤다는 거야.

태   (웃음) 으하하!

규   (웃음) 뭐야, 이 오빠~

혁   아니, 진짜 뜬금없잖아. 몸 안 좋은 사람이 갑자기 엽떡 한 통을
왜 먹냐고.

태   나도 그때 허망하게 앉아서 빈 포장 용기 바라봤어. '나 이거 다
먹었네….' 하면서.

규   (고개를 끄덕인다)

[세 사람, 야식 영상이 잘 나온 건 행복한 꿀꿀이들의 모습이 그대로 담겨서 그
런 게 아닐까 하는 이야기를 나눈다.]

*규남 피셜 날렵한 태용

규　근데 영상을 다시 보니까 태용 오빠, 이때 되게 날렵했다.

혁　그니까. 뼈가 보이더라니까.

규　오빠 턱선이 있더라니까!

태　지금도 턱선 있어….

혁　아니에요. 지금은 뭔가… 그리기 쉽게 생겼어요.

규　똥그래.

혁　한 붓 그리기 가능.

태　(민망) 아냐, 비슷해….

규　태용 오빠 영상에서 먹는 거 보면 진짜 행복해 보여.

태　난 먹을 때 제일 행복해.

혁　진짜 야식 콘텐츠 영상 보면 식탁에 행복한 쿼카가 한 마리 앉
　　아 있잖아.

태　(빵 터지는) 으하하하!

규　호주 사람들은 오빠 보면 벌금 낼까 봐 못 건들겠다.

태　(웃음) 그게 무슨 말이야, 규남아….

규 진짜 행복한 쿼카야, 오빠는.

혁 근데 야식 콘텐츠 댓글에 우리 행복해 보인다는 댓글이 진짜 많긴 해.

태 1편에서 혁준이 라면 먹을 때도 막 땀 뻘뻘 흘리면서 먹잖아.

혁 아, 맞아요.

규 그거 다시 찍지 않았나?

태 맞아 맞아.

혁 맨 처음 나 라면 먹는 부분을 먼저 찍고 형이랑 규남이를 내가 카메라로 찍고 있는데 갑자기 땀이 막 뚝뚝 떨어지는 거야.

규 (웃음) 맞아, 그랬어.

혁 그래서 "잠깐만. 나 라면 먹는 거 지금 땀 흘릴 때 다시 찍자." 이래서 내 파트를 다시 찍었지.

태 근데 그때 규남이랑 나랑 막 괜히 "라면 더 먹고 싶어서 그러는 거 아냐?" 하면서⋯ 흐하하!

혁 (웃음) 진짜 꿀꿀이스러운 발상이다.

* 규남이가 보고 아침 이슬 같다고 한 혁준의 땀

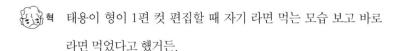

혁 태용이 형이 1편 컷 편집할 때 자기 라면 먹는 모습 보고 바로 라면 먹었다고 했거든.

규 아니, 진짜? 자기가 자기 먹는 걸 보고 그럴 수가 있는 거야?

태 내가 나 먹는 걸 보는데 '아… 라면 맛있겠는데.' 이러다가 바로 라면 물 올렸어.

규 와, 진짜 신기하다.

태 근데 내가 그걸 컷 편집을 이틀 정도 했거든? 그래서 이틀 동안 라면 먹었어.

혁, 규 (크게 웃는) 으하하하하하!

태 하… 우리 영상 잘 만들었더라….

규 근데 진짜 나도 주변 지인들이 야식 영상 보고 새벽에 라면 물 올렸다는 카톡 많이 받았어.

혁 맞아. '이거 보고 라면 물 올렸다. 햄버거 시켰다.' 이런 댓글도 많았잖아.

규 진짜 '먹는다'는 것만큼 사람들이 열린 마음으로 많이 공감해 주는 콘텐츠가 또 없는 거 같애.

태 맛있는 걸 먹었을 때의 행복을 싫어하는 사람은 없을 거야.

혁 맞아. 댓글에도 '야식을 왜 못 참냐. 이해가 안 간다. 도대체 왜 먹냐.' 이런 댓글이 없잖아.

태 아, 갑자기 라면 먹고 싶다.

혁 (웃음) 아, 라면 맛있겠다.

규 안 돼. 내일 촬영인데 얼굴 부어.

태 맞아….

규 1편에서도 말했지만 배고플 때는 브로콜리를 떠올려 봐.

혁, 태　(동시에) 초장 줘?

규　(웃음) 이 사람들, 진짜 웃기네.

혁　근데 1편에서 형이 '초장에는 신문지를 찍어 먹어도 맛있다.' 그러잖아요.

태　어, 그치!

혁　형 솔직히 그렇게 먹어 본 적 있죠?

태　(웃음) 아하하하학!

규　(웃음) 경험에서 나온 대사였네.

태　근데 내가 우연히 식빵을 초장에 찍어서 먹어 본 적은 있거든?

혁　…그게 우연히 먹을 수 있는 거예요??

규　근데? 맛있었어?

태　어! 생각보다 진짜 맛있었어.

규　아, 그래??

태　그래서 친구 집에서 그렇게 먹어 본 날, 집 가는 길에 바로 식빵이랑 초장 사서 갔어.

혁　그 정도면 '화성인 바이러스' 아니에요?

태　(웃음) 아니, 진짜 한 번 먹어 주고 싶다.

규　아니면 그거! '세상에 이런 일이! 초장 아저씨!'.

태　(크게 웃음) 으하하하하!

혁　마지막에 꼭 건강 검진 받는데 건강에는 또 이상이 없어.

규　아저씨, 초장도 좋지만 이제 건강도 생각하세요~

혁, 규　안녕~~

[초장 아저씨가 깔깔 웃고 나서 한 번 더 라면 먹고 싶다고 조용히 말한다.]

혁 2편 찍을 때는 또 재밌는 비하인드가 뭐 있었지?

 규 그때 우리 한강 가서 찍을 때, 주변에 캠핑하시는 분들도 있고 막 가족끼리 오손도손 도시락 드시고 계신데 우린 옆에서 막 라면 "후루루룩! 으아~ 맛있다!" 이러고 먹었잖아.

 태 그때 우리 촬영 끝나고 셋이서 장비랑 라면 먹은 거 들고 가고 있는데 다른 촬영 팀에서 우리 알아보셨던 거 기억나지.

 혁 어, 그랬나?

 규 (웃음) 아, 맞아! 기억난다!

 태 우리 막 입에 짜장 다 묻어 있고 그랬는데 알아보셔서 진짜 민망했어.

 혁 아! 기억났다. 탕후루 꼬챙이랑 막 들고 쓰레기 버리러 가는 길에 맞아, 맞아.

 규 우리가 한강 찍고 바로 산에 갔었나?

 태 맞아. 그 다음이 산.

 혁 진짜 장소를 잘 찾았어. 산 초입 느낌 나는 곳으로.

규 (웃음) 애초에 애네가 산을 오를 의지가 없다는 게 보여서 웃겼어.

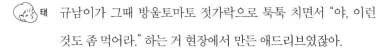 **태** 규남이가 그때 방울토마토 젓가락으로 툭툭 치면서 "야, 이런 것도 좀 먹어라." 하는 거 현장에서 만든 애드리브였잖아.

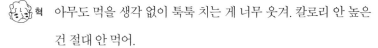 **혁** 아무도 먹을 생각 없이 툭툭 치는 게 너무 웃겨. 칼로리 안 높은 건 절대 안 먹어.

규 (웃음) 난 그거 찍을 때 나무에서 도토리였나, 솔방울이었나, 계속 위에서 뭐가 떨어져서 진짜 무서웠어.

* 규남은 다람쥐와 닮았지만 떨어지는 도토리를 무서워한다.

혁 아, 맞아, 맞아! 막 찍고 있는데 우수수 떨어졌었어.

태 그거 찍고 전집을 갔지.

규 사람들이 막걸리나 드립 좋아했었는데.

혁 (웃음) 진짜 맥락 없이 나오잖아.

태 (웃음) 어떻게든 핑계 대고 먹으려고.

혁 아, 맞아. 그 이후에 나랑 태용이 형이 그 전집을 다시 갔었거든?

규 그냥 막걸리 먹으러?

혁 어어. 갔는데 거기서 어떤 형님 한 분이 알아보시고 우리 테이블에 막걸리 한 통 사 주셨어.

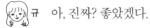 규 아, 진짜? 좋았겠다.

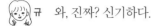 태 근데 진짜 형님 분이셨어. 40대, 50대 정도 돼 보이시는.

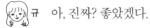 규 와, 진짜? 신기하다.

혁 맞아 맞아. 우리도 신기했어. 우리 채널 연령대가 생각보다 진짜 다양하구나.

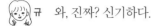 태 어우, 막걸리도 맛있겠다.

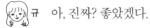 규 (웃음) 이 오빠, 오늘 저녁 거하게 먹고 자겠는데?

혁 태용이 형이 예전에 자기는 맛있는 걸 먹는 행복을 더 많이 느끼기 위해 산다고 그랬어.

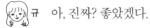 규 와~ 진심이구나, 오빠. 진짜!

혁 자기가 맛있는 걸 먹을 때가 제일 행복하대.

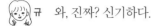 태 나는 운동의 목적도 맛있는 걸 건강하게 더 많이 먹기 위해서야.

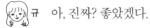 규 나도 한번씩 맛있는 걸 먹다가 얼마 안 먹었는데 배가 부르면 '하, 내가 태용 오빠였으면 좋겠다.' 하고 생각해.

[세 사람, 커피를 들고 막걸리나 노래를 부르며 건배한다.]

 규 3편은 진짜 계획에 없었는데….

 혁 그치? 두 번째까지는 비슷해도 괜찮은데 세 번째는 진짜 달라야 되니까.

 규 우리가 어떻게든 먹을 거라는 걸 이제 다 아니까 그걸 예상 못 하게 만드는 게 힘들었어.

 태 맞아. 그래서 진짜 운동을 하게 되는 이야기로 스토리를 잡았지.

 규 그거 찍을 때, 현장에 계시던 실제 PT선생님이 우리 자세 잡을 때 멀리서부터 오셔서 자세 알려 주고 막 그러셨잖아.

 혁 (웃음) 맞아, 맞아! "다리 드세요! 배에 힘 주세요!" 이러시면서….

 태 진짜 PT 수업 받는 느낌이었어.

 규 나는 개인적으로 1, 2, 3편 중에 3편이 제일 재밌었어.

 태 아, 정말?

 규 응. 그림이 다양하기도 하고 샐러드 먹는다고 하고 바로 맥락 없이 떡볶이가 갑자기 나오는 것도 너무 웃기고.

 혁 내가 지금 진짜 PT를 받고 있는데, 맨날 식단하는 건 아니지만 한 번씩 '샐러드 먹고 사진 찍어서 보내기' 이런 미션이 있는 날이 있거든?

 태 샐러드 먹어? 그럼?

 혁 네, 먹긴 하는데… 언젠가부터 그게 그냥 애피타이저가 되더라구요?

 태 (웃음) 아, 그냥 전채 요리네?

 혁 네, 샐러드 먹고 배 꺼지면 그때부터 코스 요리로 즐겨요.

규   그래서 혁준 오빠 인바디가 몇 개월째 그대로였구나.

 혁   (웃음) 뭐야? 언제 봤어, 그거.

 태   아, 우리 촬영 때 소품으로 쓴 혁준이 인바디 결과 용지?

 규   어, 슬쩍 봤는데 체지방 그래프가 진짜 꾸준하게 그대로더라고.

 혁   운동한 만큼 바로 보충하나 봐, 내가….

 규   그때 PT쌤 역할 했던 진슬 언니가 그걸 보면서 연기를 해야 되
는데 혁준 오빠가 옆에서 "너무 자세하게 보진 마세요…." 막 이
랬어.

 태   (웃음) 아하하하학!

 혁   …너무 민망하더라고요.

 태   그때 진슬 배우님이 또 선생님 역할을 너무 재밌게 잘해 주셨어.

 혁   맞아요. 댓글에 언급이 되게 많았어.

 규   마지막에 우리 삼겹살 집에서 언니가 ○▽○ 이 표정 하자마자
빵 터졌잖아.

 태   그때 진짜 가까스로 NG를 면했어.

* 방심하다 빵 터진 NG 컷

태 자, 그러면 야식 콘텐츠는 한마디로 어떻게 정리해 볼까?

혁 음… 꿀꿀이 다큐멘터리?

규 우리 회식 날 같은 느낌이야. 끝나고 음식이 남은 적이 없어.

혁 (웃음) 남은 음식은 끝나고 제작진이 맛있게 먹었습니다.

규 태용 오빠가 특히 맛있게 먹었습니다.

태 (멋쩍은 웃음) 음식은 남기는 거 아니라고 배웠어.

혁 야식 콘텐츠는 진짜 호불호가 가장 적은 콘텐츠 같애.

규 맞아. 보다 보면 나도 같이 배고파지는 콘텐츠.

태 그리고 먹는 걸 중심으로 스토리가 이어지는 콘텐츠를 우리가
그전에는 한 적이 없었잖아.

규 맞아, 맞아. 먹방과 스케치 코미디가 합쳐진 느낌.

혁 먹깨치 코미디?

태 (웃음) 하하하학!

규 그게 뭐야?

혁 먹깨비와 스케치 코미디를 약간 합친….

규 (이해) 아, 먹깨치~

태 그럼 한마디를 그렇게 정리해 볼까?

규 오케이~ 좋아, 좋아!

야식 콘텐츠는
'먹깨치 코미디'다.

<다이어트·진짜 하자> 편 실제 대본

건물 외관 나오며

혁준off　자~ 다들 잘 쉬었습니까~

각자 집 통화 중

규남　나는 잘 쉬었거든? 내 위가 못 쉬었어.

혁준　ㅋㅋㅋ나도.

태용　난 명절 지나고 운동을 하긴 했어.

혁준　오오~~

규남　오, 진짜?

태용　응, 장운동.

혁준　아항학ㅋㅋㅋ

규남　ㅋㅋㅋㅋㅋ

태용　조카들이 나 땜에 화장실을 못 썼어.

규남　ㅋㅋㅋㅋ야, 우리 이제 진짜 다이어트해야 돼….

태용　**나 인생 최고 몸무게야, 지금.**　

혁준　야, 맨날 우리 말만 하지 말고 이제 진짜 운동하자.

규남　어? 야, 거기 역 앞에 헬스장 PT 할인한다고 전단지 뿌리던데.

태용　아, 나 그거 받아서 호떡 받침대로 썼는데.

혁준　거기지? 그 고깃집 위에 있는 헬스장?

규남　(씨익) 어어ㅎ

태용　어…ㅎㅎ

혁준　(씨익) 하… 그러면 뭐 조금 이따 거기서 만나야 되나?

태용	(씨익) 야, 말 나온 김에 지금 바로 만나자~
규남	(씨익) 좋지~~
혁준	(씨익) 오케이~! 지금 나와라잉~!

TMI 바로 고깃집에서 안 본 것처럼 분위기 정정.. 약간의 뮤비..

헬스장에 모여 있는 셋 정면 풀샷

혁준	후… 야, 고기 냄새 참고 올라온다고 고생했다.
태용	나 진짜 여기까지 못 올라올 뻔했어….
규남	진짜 우리 성장했다.
혁준	잘했다, 진짜 대견하다!
선생님	(프레임 인) 안녕하세요~
혁규태	안녕하세요.
선생님	세 분, 오늘부터 그룹PT 시작할 건데, 오늘 첫날이니까 가볍게 시작할게요~!

TMI 대본 작업하면서부터 캐스팅하고 싶던 '진솔' 배우 P.T선생님 역이 찰떡이었던!

누워서 공 들고 복근 버티기 하고 있는 셋

혁규태	ㄲ으으아아아!!!!
선생님	자, 일곱~~
혁준	으흐흑… 으웅….
선생님	자, 호흡해야 돼요~ 여덟~~
규남	빨리… 빨리 좀 세… 빨리….
선생님	자, 아홉… 자, 태용 님! 다리 더 올리셔야 돼요! 더 올리세요!!
태용	으아아아…!

TMI 규남은 모가 수업때 듣는 속마음을 대사로 반영하고 싶다고 했다.

선생님   배에 힘~! 다리 또 내려가요, 다리 올리세요!!

혁준   아, 좀 똑바로 하라고!!!

(TMI) 혁준은 촬영 전날 실제로 복근 운동을 했다. 연기가 아니라 정말 화가 난 건 수도..

규남   윤태용, 장난하냐, 진짜!!!

태용   아으아아!!!!

선생님   버티세요, 버티세요!! 태용 님 다리 또 내려가요, 지금!!!

태용   아아아으아아!!!!!!!!

선생님off 자, 오늘 첫날인데 세 분 고생하셨어요.

운동 후 지쳐 있는 셋 정면 쓰리 바스트

혁규태   …….

선생님   다들 다이어트 의지가 대단하신 거 같아요~!

혁규태   네…….

선생님   자 오늘 세 분 집에 가서 샐러드 드시고 사진 찍어서 저한테

        식단 인증 꼭 보내 주셔야 돼요~!

혁규태   네…!

엽떡 인서트 나온다 - 바삐 집어가는 젓가락들

혁준   우적우적.

규남   우적우적.

(TMI) 하루 종일 굶은 셋. 첫끼의 행복이 고스란히 영상에 담겨 있다.

태용   우적우적~ 아우!!

혁준   확실히 운동하니까 입맛이 돌아.

규남   그니까 역시 시장이 반찬이여.

태용   아…! 진짜 행복하다!!

혁준   야, 우리 샐러드 사진은 어떡하지?

규남   인터넷에 치면 나와.   (TMI) 규남이의 경험담이다.

태용   다음에 샐러드 한 번 사서 각도 다르게 여러 장 찍어 놓자.

혁준   그러자. 일단 잡생각 하지 말고 먹는데 집중해.

규남   응응. 냠냠.

태용   냠냠ㅎㅎㅎㅎ

혁준   냠냠ㅎㅎㅎ

태용   아, 진짜 맛있다~!!ㅎㅎㅎㅎㅎㅎ

선생님off   세 분 혹시 어제 샐러드 안 드셨어요?

헬스장 셋

혁준   어? 저희 어제 사진 보냈었는데요?

규남   (끄덕끄덕)

선생님   (폰 사진 넘기며 보여 주는데 똑같은 샐러드 사진 3장)

                어제 세 분이 이 사진 똑같이 세 개 보내셨거든요?

혁규태   …….

선생님   후… 오늘 강도 좀 올릴게요.

바로 꺾여서 고통받는 셋 단독 - 똑같은 자세인데 발에 공 올라가 있다 or 허벅지 공

(TMI) 공의 무게가 다 달라서 누가 가장 무거운 공을 들었는지 자연바보를 함

↓

윤태용이 짐

7kg

혁준	ㄲ아아아아!!!!
규남	아으!!!!
선생님	자, 태용 님!! 제가 손으로 쳐도 공이 안 떨어져야 돼요~

태용 다리 사이 공 팡팡 치는 선생님 손 인서트

태용	아으아아아~!!!!!
선생님	(손 내려치며) 태용 님 공 떨어지면 다 다시 할 거예요~!!
혁준	아, 버티라고!!!!
규남	나 진짜 두 번은 못 한다고, 진짜로!!!!
태용	으아아아아!!!!!!

(TMI) 태용이 괴로워하는 모습이 너무 웃겨서 규남이 "웃기지마 웃기지마" 애드립 추가

선생님	(계속 손 내려치며) 자, 태용 님 버티세요!
태용	으아아아아~!!!!!!!

선생님off	오늘도 다들 고생 많으셨어요.

운동 후 배 부여잡고 지쳐 있는 셋 정면 풀샷

혁규태	…….
선생님	자, 오늘 미션은 여러분들 1일 1식 하시고 저한테 사진 찍어서 인증 보내 주시면 돼요.
혁규태	…….

선생님   아시겠죠? 1일 1식 꼭 하셔야 돼요!

혁규태   네…!

초밥, 타꼬야끼, 냉모밀, 돈카츠 깔려 있는 인서트 (TMI) 앉는 구독자 분들이 항해하셔도
    야식 떠른 원데이 촬영으로 제작된다.
    떡볶이를 먹고 → 일식을 먹고 → 삼겹살까지 ..

혁규태   (단독 행복하게 먹는다) ㅎㅎ흫ㅎ흫ㅎ

규남   야, 1일 일식은 진짜 할 만하네. (TMI) 1일 1식이 1일 일식이 됨..
    말도 안되는 역자가 웃겨서 명광 대사에 넣고 싶

태용   내일은 1일 중식으로 가자.

혁준   어? 내일 1일 양식하면 안 되나? 나 맛있는 피자집 알아 놨는데.

규남   오, 좋다, 좋다.

태용   야, 나 사케 좀.

혁준   (사케 따라 주며) 어어, 일식에 사케가 빠질 수 없지.

규남   야, 짠 해, 짠 해.

풀샷

혁규태   자, 다이어트 파이팅~!!

혁,규,태   (마신다)

혁준   크…! 진짜 행복하다! ㅎㅎㅎㅎㅎㅎㅎ

선생님off   하… 이상하다. 몸무게가 왜 자꾸 늘지…?

(TMI) 실제 혁준의 앤버더 종이를 들고 촬영.
진솔배우가 종이를 계속 보여 주자
혁준은 당황 + 분노 + 수치심 느껴..

어… 그만.. 보세요 ….

헬스장 혁규태 쓰리 바스트

태용	…….
규남	저희가 근육이 붙어서 그런 거 아닐까요?
혁준	맞아요. 근육 무게가 좀 더 무겁다던데.
선생님	(인바디 종이 보며 단호) 아니에요. 체지방만 늘었어요, 지금.
태용	(당황) 아, 그럼 저희가 변을 못 봐서 그런가 봐요.
혁준	네네, 장운동 잘하는데 원래.
선생님	세 분… 어제도 보내신 샐러드 사진 보니까 샐러드 옆에 돈가스 가루 묻어 있던데 돈가스 샐러드 맞죠, 그거.
혁준	어…? 그랬나?

TMI) 혁준이는 본인이 쓴 대사에 계속해서 웃지 터져 NG를 계속 냈다.

| 규남 | 아… 어제 치팅 데이라 그랬나…? |
| 태용 | (도리도리) |

TMI) 후반 작업에서 삭제된 대사 → 이유: 너무 뻔뻔해 보여서…

선생님	하… 세 분 계속 이렇게 자꾸 식단 안 하시면 솔직히 시간 버리고 돈 버리는 건데 진짜 너무 아깝지 않으세요?
혁준	네, 맞습니다.
규남	죄송해요….

?;;;
작팅어이라 고볐나 ㅎㅎ

선생님	여러분, 제가 진짜 마지막으로 믿어 볼게요. 내일 또 무게 늘어 있으면 그거 다 뺄 때까지 집에 안 보내 드릴 거예요!
혁규태	네!!!

바로 고깃집 처먹고 있다 – 불판 인서트

혁준	우린 진짜 글렀다.
태용	죄송합니다, 선생님…!
규남	야, 시간이랑 돈 버리는 거보다 내 성격 먼저 버리겠어. 안 돼,

안 돼.

태용   그래, 솔직히 너네 운동할 때 좀 무서웠어.

혁준   미안하다. 많이 먹어라, 태용아.

규남   그래도 고기 냄새 맨날 맡으면서도 잘 참았다.

태용   그니까. 장하다, 진짜. (고개 돌리는데)

\# 창가에 서 있는 헬스 선생님과 눈 마주친다. (여건 가능하면 O.S로 찍기)

혁규태   …….

선생님   ㅎㅎㅎ

혁규태   …….

선생님   (독기에 찬) (입모양 – ㅎㅎ내일 봬요.)

TMI 진솔 배우님이 웃으며 딴 연식 바라보다 고기를 보며 놀라는 연기 때문에 빵터져서 NG남..

혁규태   ㄷㄷㄷ…!!

태용   (공포에 찬 표정으로 젓가락만 움직여 입에 고기 가져가 먹는다)

혁준off   지금은 그만 처먹어라.

TMI 최종 삭제된 대사
이유: 냠! 고기 먹는 컷커로 임팩트 충분했음..

다이어트 후속편

헬스장 모여서 바들바들 떨며 불안해 하는 혁준 규남 태용

혁준   하… 왜 고깃집 창가 자리에 앉아 가지고…!

규남   애초에 헬스장 밑에 있는 고깃집을 가는 게 아니었어.

           상식적으로 그게 안 걸릴 거라 생각하는 게 바보지!

태용   그래서 내가 멀리 있는 곳 찾아봤는데, 너네가 1층 내려

           가자마자 홀린 것처럼 들어갔잖아!!

혁준   솔직히 헬스장 1층에 고깃집이 있는데 이게 회원 잘못

           이냐?

           거기 있는 고깃집 잘못이지?

태용   어제 선생님이 창문에서 "내일 봐요!"라고 하는 거

           봤지….

혁준   난 그 입 모양이 꿈에도 나왔어….

규남   하… 어떡해! 오늘 수업 겁나 빡셀 거 같애….

선생님 들어온다.

선생님   안녕하세요~!

바짝 얼어붙는 세 꿀꿀이

혁규태 아… 안녕하세요!
선생님 (생글생글) 네, 오늘도 여러분들 오시느라 고생 많으셨어요~!

세 사람, 선생님의 태도가 의아하다는 표정을 짓는다.

선생님 자, 시작 전에 다 같이 파이팅 해 볼게요~! 자, 파이팅!!
혁규태 파… 파이팅…!
선생님 네, 좋아요. 그러면 일단 몸풀기로 팔 벌려 뛰기 10개 하고 본 운동 시작할게요~

세 사람, 자기들끼리 소곤소곤 얘기한다.

혁준 야, 쌤 화 안 났나 본데?
규남 ㅎㅎ 다행이다.
태용 까먹었나 봐 ㅎㅎㅎ
선생님 자, 10회 시~~작! 하나 둘 셋!
셋 하나!
선생님 하나 둘 셋!
셋 둘!

세 사람 쉽다는 듯이 서로 눈빛 교환하며 팔 벌려 뛰기 한다.

선생님	자, 마지막! 하나 둘 셋!
셋	열!
선생님	마지막 구호… 했으니까 20회 다시 갈게요.
혁준	어…? 마지막 구호 생략하라고… 그런 말씀 안 하셨는데…?
선생님	어? (생긋 웃으며) 했는데?
규남	……. (이상함을 감지)
태용	……. (불안한 표정)
선생님	자, 다시 갈게요, 시~작! 하나 둘 셋!

세 사람, 헉헉거리며 팔 벌려 뛰기를 한다.

선생님	벌써~ 지치면~ 안 되죠~ 자, 하나 둘 셋!
셋	열여덟!

세 사람, 서로 구호 조심하라는 눈빛 보낸다. 끄덕거리는 셋

선생님	자, 하나 둘 셋!
셋	열아홉!
선생님	자, 마지막 구호 또 외쳤으니까 이번에 40회 갈게요~
태용	어?!?! 20회 하라고 하셨잖아요!!
선생님	제가요…? (다가와서 생긋) 언제요?
태용	아… 아니… 아까….
선생님	어? 그러면 제가 어제… 고기 드시라는 말도 혹시 했었나요?

태용	(얼굴에 그림자 드리우며)
혁준	……!!!!
규남	허억!!!!
선생님	그게 아니면~ 왜 고기를 드셨지~? 자, 40회~ 갈게용~!
태용	으… 을… 으, 으흑…!!
선생님	자~~ (정색하며) 시. 작.

잠시 후, 가쁜 숨 몰아쉬며 널브러져 있는 세 사람

셋	허억…!! 허억…! 헉…!!!
선생님	코로 호흡하세요~ 그래야 덜 힘들어요~
혁준	헉…! 헉…! 나 토할 것 같애…!!
규남	야, 누가 어떻게 좀 해 봐…!!
태용	야!! 내가 샘한테 말 걸 테니까 그동안 조금이라도 더 쉬자!
혁준	(선생님 눈치 보고)

선생님 콧노래 부르며 다음 운동 준비하는 중

혁준	…절대 안 먹힐 거 같은데.
태용	야…! 나만 믿어.
규남	오케이!!
선생님	자, 다음 운동 갈게요~
태용	아… 저 선생님….
선생님	네, 태용 님.
태용	제가 좀 상담받고 싶은 게 있어서요.

선생님	오, 네네, 말씀하세요.
태용	사실 제가 운동을 하다가 좀 느끼는 건데… 이게 사람 몸이라는 게….

아무 말이나 시작하며 시간을 끄는 태용, 혁준과 규남은 태용을 보며 잘했다는 듯 웃는다.

태용	인체라는 게 참 신기해요. 근섬유 뭐 이런 것도 그렇고 … 이걸 상처 주고 뭐….
선생님	음, 태용 님! 잠시만요!

화면 바뀌면 플랭크 자세 취하고 있는 셋

셋	으아아아아아악!!!!!!!!!

선생님 태용 얼굴 옆 가까이 본인 귀 들이대고 있다.

선생님	네네, 계속 말씀하세요.
태용	(부들부들 떨며) 으을…!! 그래서 근섬유가… 으아아악!!!
선생님	자, 다들 들으세요. 태용 님 말 끝날 때까지 플랭크 안 끝냅니다~!
혁준	아, 빨리 말하라고!!!!!
규남	윤태용 장난치냐고!!!!!
태용	어흐흐… 죄송해요…!! 잘못했습니다…!!!!

선생님	제가 진짜 싫어하는 게, 베이글 사이에 크림치즈 들어가는
	거~ 세트 사이에 잡담 들어가는 거~
태용	죄송합니다…!! 죄송합니다…!!!
선생님	태용 님도 그렇죠? 쪽파 들어가면 크림치즈 베이글이 야채라
	고 생각하시죠~?
태용	아닙니다…!! 아닙니다!!!!
선생님	자, 그만~~!
셋	<u>으흐흐흑</u>…!

수업이 끝나고 서 있는 셋

선생님	자, 여러분~ 이제 다이어트 열심히 하실 거죠?
셋	(지쳤다) 네… 네헤….
선생님	여러분들 다이어트는 스스로 목표를 세우고 여러분들 스스
	로 동기 부여를 하셔야 성공하실 수 있어요.
셋	네….
선생님	자, 오늘 가시기 전에 제가 종이 한 장씩 드릴 거예요.
	여러분들이 올해 꼭 이루고 싶은 목표 하나씩 적어서 제출해
	주세요!
셋	네…!

나가면서 접혀진 종이를 선생님에게 주는 셋

선생님	(종이 받으며) 혁준 님은 목표 뭐 적으셨어요?
혁준	저는… '가을 전 바프 찍어 보기! 까먹지 않기!'라고 적었습

니다.

선생님 오~ 좋아요! 제가 도와드릴게요! 수고하셨습니다!

혁준 네, 안녕히 계세요!

선생님 (접혀진 종이 받으며) 규남 님은 뭐 적으셨어요?

규남 저는 '체지방 -10% 달성하기'라고 적었습니다.

선생님 좋아요, 파이팅!

규남 네, 파이팅!

선생님 태용 님은요?

태용 저는 '폭식하지 않기! 식단 매일 하기!'요.

선생님 너무 좋아요! 이제 까불지 마세요~!

태용 네?

선생님 농담이에요~! 태용 님도 파이팅!

태용 네, 안녕히계세요…!

셋 집에 간다.

선생님 흐 흐 흐 (웃으며 세 사람 종이 펴 보는 선생님)

종이 세 장 내용 나온다.

가을 전 바프 찍어 보기! 까먹지 않기! - 혁준

체지방 ＋ 10% 달성하기 - 규남

식단하지 않기! **폭식** 매일 하기! - 태용

선생님 ……. (싸늘하게 웃으며 고개 든다) 하하….

셋 헬스장 빠져나와 달려가며

혁준	으하하하!! 때려치우자!! PT 때려치워!!
태용	그냥 행복한 돼지가 되자!!!
규남	가자, 행복해지러!!!!!

2023 GLOBAL INFLUENCER AWARD

8월, 이달의 인플루언서

주최 | 국회 문화체육관광위원회　　주관 | gincon, YOUTHNOW　　후원 | 국회사무처, 국회 도서관　　협찬 | 한컴지니케이

토요일 12시 업로드됩니다!

1판 1쇄 인쇄 2024년 10월 15일/ 1판 1쇄 발행 2024년 11월 5일

지은이 윤태용, 김규남, 윤혁준 | **발행처** 학산문화사 | **발행인** 정동훈
편집인 여영아 | **편집** 김지현, 김학림, 김상범, 변지현
디자인 ALL contents group, 김지수 | **제작** 김종훈, 한상국
등록 1995년 7월 1일 제3-632호 | **주소** 서울 동작구 상도로 282 학산빌딩
전화 편집 문의 02-828-8823, 8826 | **영업 문의** 02-828-8962
팩스 02-823-5109 | **홈페이지** http://www.haksanpub.co.kr

ISBN 979-11-411-3984-1   03810